文春文庫

三　つ　巴

新・酔いどれ小籐次（二十）

佐伯泰英

文藝春秋

目次

「新・酔いどれ小籐次」おもな登場人物

赤目小籐次（あかめことうじ）
元豊後森藩江戸下屋敷の厩番。主君・久留島通嘉が城中で大名四家に嘲笑されたことを知り、藩を辞して四藩の大名行列を襲い、御鑓先を奪い取る（御鑓拝借事件）。この事件を機に、〝酔いどれ小籐次〟として江戸中の人気者となる。来島水軍流の達人にして、無類の酒好き。研ぎ仕事を生業としている。

赤目駿太郎（しゅんたろう）
小籐次を襲った刺客・須藤平八郎の息子。須藤を斃した小籐次が養父となる。愛犬はクロスケとシロ。

赤目りょう
小籐次の妻となった歌人。旗本水野監物家の奥女中を辞し、芽柳（めやなぎ）派を主宰する。須崎村の望外川荘に暮らす。

五十六（いそろく）
芝口橋北詰めに店を構える紙問屋久慈屋の隠居。小籐次の強力な庇護者。

久慈屋昌右衛門（くじやまさえもん）
番頭だった浩介が、婿入りして八代目昌右衛門を襲名。妻はおやえ。

観右衛門（かんえもん）
久慈屋の大番頭。

国三（くにぞう）
久慈屋の見習番頭。

桃井春蔵（もものいしゅんぞう）
アサリ河岸の鏡心明智流道場主。駿太郎が稽古に通う。

岩代壮吾（いわしろそうご）　北町奉行所見習与力。弟の祥次郎と共に桃井道場の門弟。

空蔵（そらぞう）　読売屋の書き方兼なんでも屋。通称「ほら蔵」。

青山忠裕（ただやす）　丹波篠山藩主、譜代大名で老中。妻は久子。小籐次と協力関係にある。

おしん　青山忠裕配下の密偵。中田新八とともに小籐次と協力し合う。

お鈴　おしんの従妹。丹波篠山の旅籠の娘。久慈屋で奉公している。

桂三郎　錺（かざり）職人。妻のお麻は、呆けが進んだ父親・新兵衛の世話をしながら長屋の差配を務めている。

お夕　桂三郎・お麻夫婦の一人娘。父について錺職人の修業中。

子次郎（こじろう）　小籐次に名刀の研ぎを依頼した謎の青年。実は江戸を騒がせる有名な盗人。

三つ巴

新・酔いどれ小籐次（二十）

第一章　新しい工房

一

江戸の夜がぶっそうというので公儀では火付盗賊改方に、強盗押込み、殺人などの凶悪犯罪の取締りを厳しく命じた。

一方小籐次の身辺では穏やかな日々が続き、予て気にかかっていたことをいくつか実行しようとした。

北町奉行所見習同心木津勇太郎と駿太郎を伴い、神田於玉ヶ池の北辰一刀流玄武館の千葉周作を初めて訪ねた。道場の表に険しい稽古の気配が伝わってきた。

当代よりあとのことだ。

江戸では、「技の千葉」、「位の桃井」、「力の斎藤」と巷で評されるようになる。

だがすでに新進気鋭の武人がかもしだす緊迫感が北辰一刀流玄武館を支配していた。

小籐次は玄武館道場の斜め前にも武道場があることに気付いていた。その眼差しに気付いた勇太郎が、

「あちらは天神真楊流柔術道場でございまして、玄武館の門弟には北辰一刀流の剣術と天神真楊流の柔術の二つの稽古をなさるお方もございます」

「玄武館にはさような武術熱心な門弟衆がおられるか。なんとのう玄武館のやる気が分かるな」

「赤目様、あちらから先に訪ねますか」

「ばかを申せ。本日、なんのために神田於玉ヶ池を訪ねてきたのじゃ。そなたが古巣の桃井道場に戻るのが眼目、千葉先生にお許しを得るのが先に決まっておろう」

と小籐次に言われて勇太郎が、はっ、と畏まった。そんなふたりに駿太郎が従ってきたのは、剣術好きゆえに評判の道場でどんな稽古をしているか見たかったためだった。

玄武館の道場主千葉周作は三十四歳、脂の乗り切った武芸者であった。小籐次

の倅と称してもよい年頃だった。

「御免」

と声をかけると師範と思しき壮年の門弟が木刀を手に姿を見せた。木津勇太郎を見て、さらに小籐次に視線を送った門弟が、はっ、として、

「木津、赤目小籐次様を真にお連れしたか」

と事情を察しているようで質した。

「蓑田師範、千葉先生にご挨拶できましょうか」

と勇太郎が勇気を振り絞って願った。

「しばし待て」

小籐次に会釈した蓑田が奥に戻り、しばらく待たされたのち、三人は道場に入ることができた。

小籐次と駿太郎の父子は玄武館の神棚に向かい、道場の床に正座して拝礼した。するとと慌てて勇太郎も見倣った。

小籐次が顔を上げると千葉周作と思しき人物が笑みの顔で迎えた。

「木津、そのほう、赤目小籐次様をほんとうに玄武館にお連れしたか。ということは玄武館から桃井どのの士学館に戻る決心をしたということじゃな」

と勇太郎に念押しした。

「は、はい」

と正座したままの木津勇太郎が応じて、小籐次が引き取った。

「千葉周作どの、この者といささか縁ありてな、それがし、節介を致すことになった。わし如き爺が於玉ヶ池に参るのは勇太郎どのの頼みもございますがな、剣術修行の仲間として玄武館の稽古を拝見したいという好奇心でもござった。ゆえにわが倅も従って参った次第でござる」

ふっふっふふ

と周作が破顔し、

「まさか勇太郎がかような勇気を奮（ふる）うとは考えもせず、赤目様をお連れせよとはつい口にした戯言（ざれごと）、冗談でござった。赤目小籐次様、ようも玄武館に参られた。われら、北辰一刀流玄武館一同、酔いどれ、いや、赤目小籐次様の訪問を大いに歓迎致しますぞ」

との言葉を加えた。

「千葉どの、木津勇太郎どのがなにを考えて玄武館に入門し、こたび古巣のアサリ河岸（がし）の桃井道場に戻りたいと決意したか、この爺はその曰（いわ）くをとくとは知らぬ。

当人に念押ししても桃井道場は八丁堀が近いゆえ、と分かり切ったことを繰り返すのみでござってな。どうやら本気であることは確かのようじゃ。木津勇太郎はアサリ河岸から於玉ヶ池に出稽古にきていたということで桃井道場に戻ることをお許し願えませぬか」

と小籐次が懇願した。

ふうっ

と息を一つした周作が、

「天下の武人赤目小籐次様に願われて否と応じられる剣術家など江戸におりましょうか。木津勇太郎がこと、玄武館での出稽古を終えてアサリ河岸に戻ることを千葉周作許します」

「あり難き幸せ、これで爺の面目も立ちました。礼を申しますぞ」

と頭を下げる小籐次の袖を駿太郎が引っ張った。

「なんだな、駿太郎」

「あのお方です」

と道場の一角でこちらを見ている武士を差した。

うむ

と小籐次が訝し気にみた。どうみても玄武館の門弟とは思えない。

「駿太郎、どなたかな」

「アサリ河岸の桃井道場に参られ、桃井先生と手合わせなされた御仁です。姓名や流儀は名乗られませんでした」

駿太郎の話を聞いていた千葉周作が蓑田師範に問うた。

「どなたかな」

「玄武館の稽古を見物したいと申されて最前よりあの場におられます」

「桃井春蔵先生とあの者、手合わせされましたかな」

と周作が駿太郎に念押しして聞いた。

「はい。弟子より桃井先生自ら私が立ち合おうと申されて」

「ほう、手合わせなされた」

と周作が答え、

「そこな、御仁、この千葉周作との立ち合いをお望みか」

と桃井とその者の立ち合いの結果も聞かずに質した。

「最前までさよう考えておった」

「考えを変えられたというか」

「思いがけない御仁が玄武館に訪ねてこられたでな、そちらを相手にしたいと食指が動き申した」

「なに、赤目小籐次様と立ち合いたいと申すか」

周作が武芸者から小籐次に視線を移して質した。

「いかにも、千葉周作どの」

駿太郎が見覚えていた人物がいった。

確かこの人物は桃井道場に入門したのではなかったか、あれはただそう言ってみただけかと駿太郎は首を捻った。それに一度だけ会った剣術家の印象が険しく変わっているように思えた。

周作が改めて小籐次を見た。

「そこな、お方。この爺との立ち合いなれば、縁も所縁もなき玄武館道場でなすわけにはいくまい。後日、どこぞ別の場所にてなさぬか」

「赤目小籐次どの、場所を理由にして逃げ隠れする心算か」

なにっ、と小籐次より千葉門下の弟子たちがいきり立った。

小籐次は平然として尋ねた。

「わしとそなた、確か初対面であるな。知らぬ者から逃げ隠れもあるまい」

「それがし、天鷲文随(あまわしぶんずい)である。アサリ河岸の士学館を幾たびも尋ねたがいつもそのほうは居留守をつかって逃げおった」

男が初めて名乗った。

「ほうほう、そなた、なんぞ勘違いしておらぬか。わしの本業は研(と)ぎ屋でのう。アサリ河岸にはわが倅は入門しておるが、わしは時折邪魔をいたすだけで、鏡心明智流の桃井道場とはなんら関わりがないがのう。ともあれ玄武館に迷惑をかけとうはない」

「それが逃げ口上というのだ」

と相手が言い放った。その言葉に怒ったのは、道場主の周作であった。

「そのほう、礼儀を知らぬか。わが玄武館をまるで自分の道場か、あるいは借り受けたが如き言動をなし、赤目小籐次様とこの千葉周作を虚仮(こけ)にしおるか」

「千葉どの、申し訳ござらぬ。この者の得心のいくような立ち合う場所をご存じではござらぬか。わしは神田於玉ヶ池界隈をよう知らぬでな」

と小籐次がいささか困惑の体(てい)で質すと、

「赤目様、あのような人物と立ち合うこともないとは思うが、もし行きがかりということとなればどうぞ道場をお使いくだされ」

と周作が鷹揚に応じた。

しばし思案した小籐次が、

「千葉どの、お借り致したい」

と願った。

その瞬間、玄武館道場の門弟衆がどよめいた。

「父上、得物はなにになされますか」

と駿太郎が質し、

「木刀をお借りしてくれぬか。どうせあの者、竹刀と願っても是とは返答しまい」

「は、はい」

と木津勇太郎が駿太郎の代わりに応えて、蓑田師範に視線を送った。

「木津、赤目様の子息と一緒に何本かお見せして選んでもらえ」

と蓑田師範が言い、

「そのほうも木刀でよいな」

と無作法な訪問者に質した。

桃井春蔵との立ち合いでは桃井の主導で竹刀であったと、小籐次は承知していた。それすら互いが一合も打ち合わず桃井が竹刀を引いて『それがしの力量では太刀打ちできませんな。他の道場を当たられたらどうか』と申し出て立ち合いは終わっていた。

「構わぬ」

勇太郎に駿太郎が従い、道場の木刀を借り受けて父の対戦者にまず選ばせた。

「駿太郎と申したな」

謎の人物が駿太郎のことを覚えていたか、質した。

「いかにも赤目駿太郎にございます」

「実の父は須藤平八郎ではないのか」

「あまわし様と申されましたか。そなた様が直参旗本かどうか存じませぬが、他道場にて名も名乗らぬ無作法、京にて長年暮らしなにを学んで参られました。ただ今のわが父は赤目小籐次にございます」

駿太郎が平然として言い返したのを聞いて千葉周作が、

「あやつ、逆上せておるわ。赤目様の子息に世の理を教わっておるぞ」

と呟いた。

小籐次は勇太郎が選んだものの中から定寸より短めの木刀を手に取ると、すたすたと道場の中央に進んだ。天鷲文随が遅れて片手で木刀の素振りをしながら出てきた。

「ああー」

玄武館の門弟衆から同情の声が上がった。

天鷲は五尺八寸の背丈でがっしりとした体格であった。一方、小籐次はこの数年で背丈が縮んで五尺そこそこだった。

北辰一刀流においても、これだけの体格差は致命的といえる。なにより小籐次は五十路(いそじ)をとうの昔に過ぎているのだ。

「そなた、京にて公儀の仕事を務めていたというが、京都奉行所務めか」

「幕府から出向する直参旗本は、奉行所差配の表向きだけには非(あら)ず。あれこれとござってな」

と小籐次の問いに天鷲が曖昧(あいまい)に答えた。

「アサリ河岸から於玉ヶ池に狙いを変えた曰くはなんだな」

「駄弁を弄するのが酔いどれ小籐次のやり口かな。無益な問答はあの世にてなせ」

「年寄りは無駄口を叩くのがくせでな、それもおよそ理屈に合わん話ばかりで、そなたとは稽古であったかのう」

「天鷲文随、稽古などで時を費消する気はさらさらない」

といささか興奮の体で対戦者が木刀を上段にさっと振上げ、止めた。するとまるで小柄な小籐次を圧する巌のように見えた。

「そのほう、なにをなしておる。怪我をしてもなせる仕事か」

「ほう、それがしが後れをとると思うたか」

と天鷲が自信満々に応じた。それに対して小籐次は、低い背を沈めていった。ために巌の下に腰を屈めて潜む猿のように見えた。

「これは」

と蓑田師範も思わず呟いた。

「どう見る」

と千葉周作が質した。

「酔いどれ小籐次様と天鷲の技量には」

と独語した蓑田が口を閉ざした。

「どうしたな」

「大人と子どもくらいの差がありますな」

「蓑田三郎介、北辰一刀流を何年修行してきた」

「鹿島神道流のあと、十年余になります」

と応じたとき、小籐次の体が左右にゆらりゆらりと揺れ始めた。

「来島水軍流正剣十手の十、波小舟」

との呟きに誘われたように天鷲が踏み込むと上段の木刀が懸河の勢いで小籐次の白髪頭に落ちてきた。

「嗚呼――」

という悲鳴が玄武館の門弟衆の間から起こった。だが、次に起こったことを一同は言葉を飲んで見守ることになった。

対戦者が小籐次を圧倒するように木刀で殴りつけたと思しきその瞬間、ゆらりゆらりと戦いでいた小籐次の木刀が相手の木刀を弾くと同時に脛をしなやかな動きで殴りつけていた。

がっちりとした五体が道場の空を舞い、床に転がって失神した。

だれもなにも言葉にしない。すると小籐次の口から、

「手加減したで左脛が砕けた程度で死にはすまい」

と独語が漏れた。

「ふっふっふ」

と笑みを漏らしたのは千葉周作だ。

「天下の評判は掛値なし、いや、それ以上の赤目小籐次様のお力かな。われら、いささか己惚れておったことを恥ずかしく思いまする。赤目様、この技来島水軍流の十手、波小舟にございますか」

「亡父より教わった技じゃが、この歳になると父が戯れにつけたことが分かった。久しぶりに使ったで父の教え通りかどうか、彼岸の父が笑っていよう」

と周作に小籐次が言った。

「いやはや、われら、敬服の一語にございます」

と応じた周作が、

「蓑田、この者を近くの外科医者一ノ瀬曽庵先生のもとへ運びこめ」

と命じた。

「千葉どの、相すまぬ。後始末まで玄武館の門弟衆に面倒をかける」

と小籐次が詫びた。

「蓑田師範、一同、ただ今の赤目小籐次様の技前見たな。あれこそ奥義に達した武芸者の神技よ。そのほうら、この勝負の綾を忘れるでない。いや、千葉周作も赤目小籐次様の見せられた神技目指して一歩でも半歩でも近づくように修行をなす」

　と高らかに宣告した。

「はっ」

と畏まった蓑田師範や若手門弟が戸板をどこからか持ち出し、気絶したままの天鷲文随を乗せて道場の外へと運んでいった。

「千葉どの、お騒がせ申した」

　と改めて小籐次が詫びると周作が、

「木津勇太郎、そのほう、最後にわが命を聴け。赤目駿太郎どのとこれまで稽古をしたことがあるか」

「いえ、桃井道場の年少組のひとりゆえ未だございません」

「ならば竹刀にて稽古をしてみよ。そのほうの玄武館の出稽古の成果をこの千葉周作最後に確かめておきたいでな」

　と命じた。

「えっ、最後の稽古相手は桃井道場年少組の駿太郎どのですか」

「なに、年少組ゆえ相手にならぬというか」

「いえ、そうではございません」

勇太郎は駿太郎が桃井道場の若手の雄、岩代壮吾と猛稽古をする光景を承知していた。どことなく、十三歳の駿太郎を相手に壮吾が手加減しているのではないか、と考えながら猛然たる打ち合いを見ていた。

「駿太郎どの、よいかな」

と周作が駿太郎に同意を求めた。

「北辰一刀流玄武館の道場で稽古ができるとは夢にも考えていませんでした。光栄です」

駿太郎が父と天驚との打合いを見物した興奮を五体に残しつつ、嬉しそうに立ち上がった。

この落ち着いた挙動を見た瞬間、千葉周作は己の間違いに気付いた。が、もはや遅かった。

二人が竹刀を相正眼で構え合ったのを見た蓑田師範が、

「なんとこれは」

と漏らした。

その瞬間、木津勇太郎が岩代壮吾の攻めを思い出してか、猛然と駿太郎の面に打ちかかった。だが、駿太郎は間合いを巧妙に外しつつ勇太郎の竹刀を弾いた。一撃目を外された勇太郎は二の手、三の手と北辰一刀流の連続技を繰り出した。だがやはり駿太郎は、弧を描くように後退しつつ勇太郎の攻めを弾き続け、元の場に戻っていた。

その直後、勇太郎が間合いを一気に詰めて駿太郎の小手に竹刀を振るった。その小手技に合わせた駿太郎の竹刀が翻り、勇太郎の胴をしなやかに叩いていた。

玄武館でも中堅の技量と認められていた勇太郎の体が横手に飛んで床に転がった。

駿太郎がさっと竹刀を引いた。

「呆れたわ」

と千葉周作が漏らした。

「大丈夫ですか、勇太郎さん」

駿太郎が対戦者を気遣う光景に玄武館の門弟一同が言葉を失っていた。

「赤目小籐次駿太郎父子、恐るべし」

蓑田師範の口を吐いた嘆声だった。

二

この日、小籐次と駿太郎親子はお梅の従兄の兵吉に望外川荘の船着場から神田於玉ヶ池の南側を流れる龍閑川に送られていた。木津勇太郎とは道場の前で会う約束であったからだ。ために待たせていた兵吉の猪牙舟に三人は乗り、いったん龍閑橋に戻り、御堀から一石橋を経て日本橋川に出ていこうとしていた。木津の気持ちを察した小籐次が、遠回りだがゆったりした舟行を命じたからだ。

その間、木津勇太郎は無言でしょげかえっていた。むろん駿太郎との打ち合いの結果に拘ってのことだ。

兵吉も経緯は知らないながら、勇太郎のしょげぶりからなんとなく事情を察したか、

「赤目様よ、仕事舟だがよ、ありゃ修繕するより買い替えたほうがいいな。舟底から水が入り込んできてよ、どうにも手のうちようがねえそうだぜ。いくら研ぎ仕事に水が要るたって、仕事舟の舟底から入りこむ水はどうしようもあるまい」

と話題を変えた。

数日前のことだ。

長年使った小舟で小籐次と駿太郎が芝口橋から望外川荘に戻ってきた折、舟底の傷んだ箇所から浸水して水が溜まっているのが分かった。

そこでお梅が従兄の船頭兵吉を呼んで、知り合いの船大工に相談することにしたのだが、その返答が最前のものだった。

「長年、使わせてもらったからな、舟を新造するか中古の舟を仕事舟に改装するか、まずは古舟の持ち主の久慈屋にこの旨報告せねばなるまいて。その返答次第で兵吉さんや、そなたの知り合いの船大工に願うかどうか決めようか」

「天下の赤目小籐次様があのぼろ舟ではな、体面にかかわるぜ」

兵吉と赤目一家はつい最近知り合ったのだが、兵吉のさっぱりとした気性と人柄に急速に親しい付き合いをなすようになっていた。

駿太郎も小籐次も仕事舟が浸水するとあっては、研ぎ仕事にもアサリ河岸の桃井道場への稽古にも出かけられなかった。

「年寄り爺の研ぎ仕事に体面もなにもあったものではないが、大川で浸水するのではおりょうやお梅は乗せられまい」

「乗せられねえな」

兵吉は悠然とした櫓さばきで楓川と八丁堀が交わる辺りで木津勇太郎をまず下ろした。

「勇太郎、剣術の稽古で打ったり打たれたりは当たり前のことだ、一々くよくよと気にするでない。桃井道場に戻ることになったのは、そなた自身の願いじゃぞ。さっぱりとした顔で桃井春蔵先生に再入門のお願いを致せ」

と小籐次に諭された勇太郎が、

「はい」

と返答をしたが、今ひとつ元気がなかった。

「次はどこだえ」

「芝口橋じゃがここには一刻（二時間）ほどいよう。兵吉さんや、どうするな」

「赤目様と駿太郎さんに足になる舟がなかろう。待っていいのなら待つぜ」

「そうか、ならば芝口橋際の久慈屋の船着場につけてもらおうか」

と小籐次が願った。

芝口橋では荷運び頭の喜多造が横川の船宿の猪牙舟に乗ってきた赤目親子を、

「どうなされましたな。珍しく船宿の猪牙なんぞに親子して鎮座ましましてさ」

と迎えた。

「喜多造さんや、こちらで都合してもらった小舟の底から浸水するようになってな、横川の船大工に見てもらったが修繕するより別の舟にするほうがよいというのだ。ゆえにうちのお梅の従兄の兵吉さんに半日船頭を願ったのだ」

「赤目様、ようも丁寧にあの小舟を使われましたよ。船大工の言われるとおり替えどきだね」

　というところに大番頭の観右衛門が姿を見せた。

「話は聞きましたぞ。駿太郎さんが使ってきた小舟です。新たに研ぎ舟専用の舟を注文なさいませぬか。うちもこれだけ荷船がございますからな、一艘都合するのはやぶさかではありませんが、かような縁があったのです。川向こうでお造りなさい。それまでの間は、今日の帰りからうちの舟をお使いになればいい」

　と観右衛門が即断し、

「駿太郎さんはまだまだ体の重さも増しましょう。これまで使ってこられた小舟より大きなものがようございますよ。といって、深川辺りの堀には狭いところもありますでな、そのへんの塩梅を考えなされ」

　と付け加えた。

「そうするのがよさそうじゃな」

と小籐次も決断して、

「それならばおれの親方に掛け合ってさ、舟の造り賃は値切らせるからよ」

と兵吉が言った。

「まあ、長年使った舟供養と想えば、そう値段は無理に安くせずともよいわ。それより仕事舟として使え、時におりょうら女衆も含め五、六人が楽に乗れる舟を拵えようか。兵吉どの、船大工どのにそう伝えてくれぬか」

「よし、おれと親方がさ、船大工のところを訪ねて絵図をいくつか描いてもらおう」

小籐次と駿太郎を久慈屋で下ろした兵吉が一足先に戻っていった。

兵吉の舟を見送っていた観右衛門に小籐次が、

「ならばこちらの仕事舟を借りうけましょうかな。ところで桂三郎さんの工房の改装はなりましたかな」

と質した。

このたび、錺職の桂三郎は独立して工房を構えることになっていた。むろん久慈屋や小籐次の助けがあってのことだ。

この大事な時節に父子は、研ぎ舟である小舟が壊れて須崎村をこの数日間でることができなかった。そんな気がかりもあって兵吉の船宿の猪牙舟を半日雇い、ようやく芝口橋の久慈屋を訪ねたところだった。

「やはり小さいといえども面打師の工房を錺職の仕事場に変えるのです。桂三郎さんに欲が出たとみえて新たな注文がありましてな、ようやく満足な工房が出来上がりましたぞ。昨日普請がいち段落しましたので、道具類の引越しを終えたところです。私も旦那様夫婦と今朝がた見て参りました。今ごろは父と娘が師弟の席に座り、仕事を始めておりましょう」

と観右衛門が桂三郎とお夕の仕事場の近況を伝えた。

「ならばそれがしと駿太郎、この足で錺職工房に仕事始めを見物に参ろうか」

観右衛門の言葉に小籐次が返答をして、金春屋敷近くの桂三郎の仕事場に向かった。

金春屋敷界隈は、芝口橋際に店を構える久慈屋からさほど遠くはない。だが、小路に入ると、閑静にして雅な雰囲気に変わった。なんとなく小籐次も駿太郎も丹波篠山に旅した折に逗留した古都京のように感じたほどだった。

錺師芝口屋桂三郎、とおりょうの字で書かれた小さな銘木の看板がかかり、玄関口には渋い色合いの暖簾がかかっていた。その足元には南天のかたわらに梔子の実が赤く熟れていた。

親子は外側から芝口屋の表を眺めて、小籐次は、

(すでに面打師の工房から錺職桂三郎の仕事場に変わっておるわ)

と思った。

「父上、いいですね。表通りの芝口橋の賑わいとまるで違い、静かです」

「おお、なんとも趣があるな」

親子の会話が聞こえたか、暖簾を分けてお夕が姿を見せ、

「いらっしゃいませ」

と親子に挨拶した。

「お夕さんや、なんともいいな。これならば師匠の桂三郎さんもお夕さんもこれまで以上に落ち着いてよい仕事ができようぞ」

と小籐次がお夕をさん付で呼んだ。もはや職人として認めるべきと思ったからだ。

「はい、でも未だどこかの工房にお邪魔しているようで落ち着きません」

「本日は仕事始めと久慈屋にて聞いた。初日から仕事もあるまい。仕事がし易いように道具などを動かしているのではないか」

「いえ、初日からお客様がございまして、お父つぁんは、いえ、師匠も私も初仕事に手をつけています」

「ほうほう、それは予想以上に早いお客様じゃな。空蔵の読売が利いたかのう」

と答えた小籐次だが、なんとなく客というのに心当たりがなくもなかった。

「わしらも祝い事ゆえ注文しようと考えんではないが、なにしろこちらは土間に席を設けた研ぎ屋風情、桂三郎さんの造る錺とは縁がないでな」

と小籐次が言い訳すると駿太郎が、

「父上、母上になんぞ贈り物をなされればよいではございませんか」

「おお、そのことを思いつかなかったわ。おりょうに贈り物な、なにがよいかのう。当人に聞いてみようか」

と思案顔の小籐次と駿太郎にお夕が、

「まずお店にお入りになってください」

と願い、親子は暖簾を潜った。

お客が腰かけて桂三郎とやりとりできるように上がり框が設けてあり、北側に向かって長い作業台が設えられた奥に桂三郎がすでに仕事をなしていた。だが、表の問答を聞いていたとみえて、

「赤目様、駿太郎さん、ようお見え下さいました」

と応じる桂三郎の背後の、土間に入った客が最初に目を止める壁に一枚の絵が額装されて飾られていた。

「なに、わしの下手の五七五が載ったおりょうの青田波（あおたなみ）の絵が工房のよきところに飾られておるか。恐縮至極じゃのう。工房の気色（けしき）を壊してはおらぬか」

と言い訳しながら見つめる小籐次の傍らから駿太郎が、

「ほんとだ。父上の『父むすめ　心あらたに　青田風』って俳句が母上の字で絵に添えられてあります」

といい、

「おりょうの絵と文字は別にして、わしの駄句は消せるものならば消したいものじゃのう」

と小籐次が頭を抱えた。

「いえ、これ以上の贈り物はございません。私ども親子の浮き立つ気持ちを赤目様は五七五にて誡（いまし）めておられます。私の背にこの絵があるだけで元気がわいてきます」

と桂三郎が言い、土間に立つ小籐次に向けて座り直し、

「赤目様、改めて申し上げます。私風情がかような立派な工房で仕事が出来るのも、赤目小籐次様のお心遣いがあればこそでございます。有り難うございました」

と律儀に礼を述べた。

「いや、わしはお節介をしただけでな、久慈屋さんの力がなければこの工房はそなたらの仕事場にはならなかった。よかったのう。おめでとうござる」

と小籐次が応じて、駿太郎も祝いの言葉に和した。

「赤目様と私が最初に見た折よりも大工衆の手が加わり、大いに変わりました。奥もご覧になって下さいまし」

と言った桂三郎が娘であり弟子でもあるお夕に、

「お二人をご案内しなされ」

と命じた。

狭い坪庭に植木職人が入ったとみえて、きれいに手入れがなされていた。薄緑の伊豆石と思える庭石に紅葉の枝がかかり、梅もどきの赤い実がなんとも美しい季節を彩っていた。

奥の六畳間の平床に稲穂の絵が飾られてあった。

「おお、ここにもおりょうの絵か。近ごろ和歌よりも絵に熱心じゃのう」

と小籐次が畳替えした六畳間に座して床の間の黄金色の豊かな稲穂を眺めた。

平床には竜胆（りんどう）が一輪活（い）けてあった。

「父上、母上の絵が上手になったと思いませんか」

「なにしろ絵筆を持つ時が長いからのう」

と応じた小籐次がお夕に、

「師匠はおりょうの絵が気に入ったかのう。それとも他にかけるものがないゆえ、おりょうの絵を二枚も飾ってくれたか」

「青田波がかように実り多き稲穂になるように、わたしに頑張れと赤目様一家が励ましてくれるのだとお父つぁんは説明してくれました。おりょう様の絵はわたしども親子、いえ、師弟にとって大事な宝物にございます」

と真剣な顔で言った。

「母上にお夕姉ちゃんの言葉を聞かせるときっと大喜びします」

「おりょう様に駿太郎さんからも、わたしたち親子がお礼を言っていたと伝えてください」

「分かりました」

とお夕に頷き返した駿太郎が、

「はやお客様が訪ねてきて注文があったと申されましたね。見ず知らずのお客様ですか。ああ、もしやして久慈屋のおやえさんかな」

「おやえ様ではございません。とは申せ、赤目様の見ず知らずのお客様ではございません。以前、お父つぁんが簪（かんざし）を造ったお客様親娘です」

「おおー」

と小籐次が得心の声を漏らし、

「もしやして、たちばな屋の桃子（ももこ）嬢様とその母親と違うかな」

「さすがに赤目様です。大当たりです。お父つぁんの新しいお店の一番の客はわたしたち親子だと話し合っておられたそうです。そして、『この品の注文は小間物屋たちばな屋の商いとはなんの関わりもございません』とお内儀様が言い添えられて、『桃子嬢様の嫁入り道具に生涯使える櫛笄（くしこうがい）簪を』とご注文なされました。とはいえ、嫁入り話はだいぶ先と申されておりました」

「それはよかった。桂三郎さんはどう申されておった」

「喜んで造らせてもらいますと答えて、親子とこの座敷で小半刻（三十分）話しておりました。帰り際にお内儀様が、『よいお店と工房ができましたね。久慈屋さんと赤目小籐次様の心遣いを忘れてはなりませんよ』とおっしゃって、『桂三郎さんにあのような扱いをなしたたちばな屋の女房がかような言葉を申し上げる立場ではございませんね』と改めて詫びていかれました」

「そうか、たちばな屋も女衆のほうが人間の出来がよいか」

と小籐次が駿太郎とお夕にはよく聞きとれないくらいに呟きをもらした。そして、しばし間をおいて、

「いかにもそなたら父子の仕事場はよいものが出来たわ。久慈屋に感謝じゃな」

と言い添えた。

「はい。久慈屋さんはもとより、赤目小籐次様とおりょう様には感謝以外、わたしどもがすべきことはないのか、とお父つぁんがいつもいうております」

「それはのう、身内ゆえお互いさまじゃ。桂三郎さんとお夕さんがこの仕事場にふさわしい仕事をやれば、わしらはそれで充分満足じゃ。ともあれ、思ったより早くこちらの工房には客がつきそうではないか」

「そうでございましょうか。たちばな屋さんのお内儀は、うちの商いと関わりないと申されましたが、やはりこれまでの付き合いの中でのご注文です。見ず知らずのお客様がお出でになったときに、やっと少しだけ安心するかもしれません

ね」

とお夕が言ったとき、店のほうから馴染みの声が聞こえてきた。読売屋の空蔵だった。そして、何事か桂三郎と話していたが、どんどんと廊下を歩く音がして、

「おい、酔いどれ小籐次様よ、芝口新町の裏長屋からえれえ立派な仕事場に変わったな」

「そなた、なんぞ勘違いしておらぬか。こちらはわしの研ぎ場ではないぞ、桂三郎さんとお夕さんの錺職の工房じゃぞ」

「そんなことは分かっているって」

と返答した空蔵が、

「おお、こちらにもおりょう様の絵がかかっておるか。実りの秋景色か、ふーむ、酔いどれ様の妙な五七五がないほうがすっきりしていいな」

と抜かした。

「さようなことはわしがだれよりも承知じゃ。一々恥を搔かせるようなことを言わんでもよい。それより桂三郎さんに注文がくるように読売を売るたびに宣伝してくれぬか」

「うーむ、そこだな。おれも知らない間柄ではなし、なんぞ客がくる策はねえかとこちらの表に立ったときからあれこれと考えてはいるんだが、なにしろ読売は四文、桂三郎さんの煙管入れの錺は何両もしよう、客が違いすぎらぁ。読売に書こうとおれが口上でこちらの名を繰り返そうと、読売を買って桂三郎さんに注文する輩は万人にひとりもいないいやな」

と空蔵が応じた。

「さようか、読売の客とこちらの客は格が違うか」

「格も違うがよ、なにより懐の財布の中身が違うな。こういう商いはよ、じっくりと客の口から口へと伝わっていくのが一番いいんだ」

と空蔵がもっともなことを言った。

「そのほう、桂三郎さんの工房を覗きにきたのか」

と小籐次が改めて聞いた。

おおー、となにかを思い出したか、

「酔いどれ様よ、天鷲なんとかと於玉ヶ池の玄武館道場で一戦を交えたってな。なぜよ、そいつをおれに知らせねえんだ」

「なに、もはやそなたの耳に入ったか」

「こんどは駿太郎さんを千葉道場に鞍替えさせようと訪ねたか」

「違うな、駿太郎が北辰一刀流の玄武館の稽古ぶりがみたいというから訪ねたのよ。そしたら、あの御仁がおってな、千葉先生の前にわしを名指しで打ち合えというでな、致し方なく稽古をしただけじゃ」

「稽古をしただけだって、脛の骨が砕けて治るのに半年や一年は要するというぞ。それが稽古か」

「であったつもりじゃが勢いでな、ああなってしまったのだ。おおそうじゃ、あの者、直参旗本というが何者か調べてくれぬか」

「なに、読売屋の空蔵をただで使おうというのか。いいや、調べてみてもいい、だがな、借りになるぞ。なんぞ事が起こった折にはこの空蔵に真っ先に知らせる、約定できるか。それなら調べよう」

　と空蔵が言い、小籐次がいたし方なく頷いた。

三

これまで使っていた研ぎ舟は、猪牙舟より長さが八尺ほど短かった。

駿太郎はこれまで猪牙舟の櫓も漕いだことがあったが、研ぎ舟と比べる気はなかった。

「父上、猪牙ほどの長さは要りませんが、研ぎ舟ならばもう少し幅があったほうがよいですね」

と久慈屋から借り受けた猪牙舟の櫓を使いながら駿太郎が言った。

吉原通いに使われた猪牙舟は、長さ三十尺余幅四尺六寸ほどだが、速度を重視したために舟底は平らな高瀬舟と異なり絞ってあった。ために左右に揺れやすかった。

一方研ぎ舟は船着き場に舫って仕事をする。櫓を使いながら研ぎをすることはない。川舟として造られたために内海ではよほど漕ぎに手慣れていないと危なかった。

小籐次は来島水軍の末裔、亡父から舟の扱いは仕込まれていた。駿太郎も物心つく前から小さな研ぎ舟で育ったゆえ平然として内海に乗り出した。

「確かに研ぎ第一に考えると平底舟が安定するな。よし、兵吉が本日にも船大工に考えを知らせていようが、われらも船大工どのと直に会ってこちらの願いを伝えておこうか」

と小籐次が応じて器用に猪牙舟を扱う駿太郎が新兵衛長屋への堀留に乗り入れた。

桂三郎とお夕が金春屋敷近くに工房を得たために新兵衛の世話をしていた身内がふたり減り、お麻が長屋の差配の合間に面倒を見ていた。その様子を見に行こうと小籐次と駿太郎は話し合ってのことだ。

新兵衛長屋の柿の木の下で勝五郎や女衆が集まってなにか話し合っていた。そこはいつも小籐次になりきった新兵衛が角材を砥石に見たてて木刀を研ぐ場所だった。

「なんぞあったかな」

と小籐次が声をかけると、勝五郎が振り向き、

「新兵衛さんが元気がねえんだよ。ここんとこ桂三郎さんとお夕ちゃんの注意が新しい仕事場に行っていたろう。そのせいか、研ぎ場に座っても研ぎ仕事をしねえでさ、ぼうっとしているんだよ」

と読売の彫職人の勝五郎が言った。

「本物の赤目小籐次がきたらさ、元気がつくかね」

と勝五郎の女房のおきみが言った。

このところ新兵衛は急激に老けて体がひと廻り小さくなっていた。

「この夏の暑さが堪えたかのう」

と言いながら小籐次が猪牙の舳先から、ひょい、と石垣の上に飛び上がった。

「酔いどれ様は相変わらず身が軽いな。うーむ、研ぎ舟はどうした、こりゃ、久慈屋の猪牙ではないか」

勝五郎は駿太郎が竹竿を差して石垣に寄せる舟を見て言った。

「研ぎ舟は舟底から水が沁み込んでな、船大工がもはや修繕は利かぬというので数日久慈屋の舟を借り受けているところよ」

「あの小舟、よう使い込んだよな。それで久慈屋の猪牙を研ぎ舟に替えるか」

「そう久慈屋に甘えてばかりではなるまい。明日にも船大工に会う心算じゃ」

「そうだよな、駿太郎さんが六尺超えた背丈でよ、あのぼろ舟はねえやな」

と応じた勝五郎が、

「新兵衛さんも替え時かね」

と思わずもらし、女衆に睨まれた。

「いやさ、つい口を衝いちゃったんだ。当人には聞こえていめえ」

「おーい、せっちん通い、それがし、赤目小籐次にかわるべき人物がこの世におるか。わしのようじはすんではおらぬ」

と新兵衛がもさりもさりとした口調で応じた。なんとか聞き取れないことはないが、いつもの勢いはない。

「それだけ言えるならば当分あの世に行きそうにないな」

「おう、なによりこの酔いどれ小籐次がみまかると、江戸がさびしくなろう、せっちん通い」

「当人がいる前でよくも酔いどれ小籐次の形きりができるよな」

と勝五郎が幾たびも繰り返されてきた言葉を吐いた。

「とうにんとは、だ、だれのこーとだ」

「そりゃ、決まっていようじゃねえか。天下の赤目小籐次はよ、新兵衛さんの眼のまえにいるではないか」

「うーむ、このじじいもそれがしの名、あかめことうじと名乗っておるか」

と勝五郎に質した新兵衛が、

「せっちん通い、長屋にかようなあやしげなじんぶつをいれてはならぬぞ。差配はどうしておるな」

「元の差配さんよ、ただ今の差配はおめえの娘だよ」

「なにをあかしにさような愚言をろうするか」

「愚言もなにも赤目小籐次はこのじい様、おまえさんは年寄りのもと差配の新兵衛だよ。分かり切ったことをいうねえ」

勝五郎が問答に苛立ったかそう言い放った。

「おのーれ、このあかめことうじをぐろうするとゆるさんぞ。この次直（つぐなお）で首をたたききってくれん」

と傍らの木刀を探したがその辺りには見つからなかった。

「ああー、つぐなおがない。せっちん通い、金に困ってしちやにあずけておらぬか」

と勝五郎を力のない眼差しで睨んだ。

しかしながい問答を勝五郎として草臥（くたび）れたか、

「いささか長屋のれんちゅうと付き合ってつかれたわ。しばしひるねをいたそうか」

と研ぎ場の茣蓙（ござ）の上にごろりと横になり、いきなり眼をつぶり、弱々しい鼾（いびき）をかき始めた。

「お父つぁん、こんなところで横になるんじゃないわ」

とお麻が新兵衛を揺り起こそうとした。

「お麻さん待ってくだされ、しばらく寝せておいたほうがよかろう。駿太郎、うちから褞袍を持ってこよ。陽射しもあるで風邪をひくこともあるまい。しばらく皆で見守りながら休ませておこうか」

と小籐次が駿太郎に命じ、駿太郎が長屋の部屋に飛んでいった。そして、褞袍と枕を持ち出すと新兵衛の痩せた体にかけ、枕を差した。

伸びきった白髪の頭髪が痛々しかった。

「おゆう」

とそんな新兵衛の口から孫の名が漏れた。

「やっぱりお夕ちゃんが身近にいないのは寂しいんだね」

と女衆のひとりが呟いた。

「ご免なさいね。お父つぁんが皆さんに面倒をかけて」

「お麻さんさ、昼間、桂三郎さんとお夕ちゃんがいないのに慣れるまでだいぶかかりそうだね。まあ、その間は長屋で面倒みるしかないね」

とおきみがいうところに黒い子猫が皆の足元を抜けて新兵衛が休む褞袍の傍らに丸まった。

「野良猫の子までが気をつかっているぞ。やっぱり」

と言いかけた勝五郎に小籐次が、

「われら、これにて失礼いたす。申し訳ないがなんとかしばらく新兵衛どのに気遣いしてくれぬか」

と願い、駿太郎と一緒に猪牙舟に乗り込み、舳先を巡らせて御堀に向かった。

そんな親子を新兵衛長屋の勝五郎や女衆が黙って見送った。

この日、駿太郎は猪牙舟を江戸の内海には向けず、三十間堀から楓川伝いに日本橋川を経る水路を選んだ。

アサリ河岸近くに来たとき、河岸道から岩代祥次郎(しょうじろう)と吉水吉三郎(よしみずきちさぶろう)が、

「おい、駿太郎さんよ。こんな刻限に仕事仕舞いか」

と声をかけてきた。

「違いますよ。研ぎ舟が壊れたんです。舟底から水が漏れてきてもう修理が利かないそうなんです。だから、久慈屋の猪牙舟を当分借りて研ぎ舟の代わりにします。そんなわけで今日は早帰りです」

と叫び返した。

祥次郎が小籐次のことを気にしながら、

「駿太郎さんさ、於玉ヶ池の玄武館道場に行ったそうだな。やっぱりさ、うちより稽古は厳しいか」

「門弟衆と稽古をしたわけではありませんから分かりません」

「だけど、木津勇太郎さんと打ち合い稽古をしたんだろ」

「どうしてそれを」

「知っているというのか。勇太郎さんが駿ちゃんにこてんぱんにやられたと自分からうちの道場でさ、喋ったんだよ。勇太郎さんは玄武館でも中くらいの力だったんだろ。それを駿ちゃんが叩きのめした」

「祥次郎さん、あれは打たれたり打ち返したりの稽古です」

「そうかな、うちの兄貴にさ、えらく叱られていたぞ。『子どもと思って侮ったか。おれと駿太郎の稽古をおまえも見ていたろうが』ってね」

「木津勇太郎さんに気の毒でしたね。こんどまたアサリ河岸の桃井道場で稽古をしましょうと言っておいてください。明日の朝稽古には必ず参ります」

　と言い残した駿太郎は猪牙舟を楓川に入れた。

「木津勇太郎さん、大丈夫かな」

「あやつ、このところ不運が降りかかったからな、平静を取り戻せば玄武館で培った力が甦ろう」

と小籐次が答えた。

兵吉の雇われている船宿いなき屋は、横川の法恩寺橋の北側、中之郷横川町にあった。

駿太郎が大川から竪川、横川へと伝い、いなき屋の船着場に猪牙舟を寄せると、柳の木陰に上げた船の手入れを兵吉がしていた。

「おお、そいつが久慈屋の猪牙かえ。そいつを頂戴して研ぎ舟に仕立て直すほうが新たに作るより安いぜ。長さ二十四、五尺余、幅五尺の新造船はよ、何十両もするってよ。研ぎ代四十文の商いに何十両もする新造船は勿体ねえぜ」

と兵吉が言った。

「兵吉どの、久慈屋とは身内のような付き合いはしてもらっておるが、すべておんぶに抱っこというわけにもいくまい。金の工面はなんとか致そう」

と小籐次が答えたところへ河岸道に市松模様の袢纏をきた壮年の男が姿を見せ、

「こら、兵吉、天下の酔いどれ小籐次様に向かって、なんという言い草だ。おめえが赤目小籐次様の懐具合のことをあれこれ抜かすんじゃねえ」

と叱りつけ、視線を小籐次に向けた男の顔が笑みに変わり、

「おお、間違いねえや、赤目小籐次様だ。わっしは兵吉の主、いなき屋の楊太郎でございましてね、これをご縁に昵懇のお付き合いを願い奉ります」

と挨拶した。

「楊太郎さんか、わしは研ぎ屋の爺でな、奉られるほどの者ではないぞ。兵吉どのがうちのお梅と従兄妹とはつい最近知ってな、あれこれと女衆が世話をかけておる」

「へえへえ、わっしのほうは赤目小籐次様の功しはすべて承知でございましてな、兵吉に聞いたところでは、研ぎ舟が傷んだって話でございますな。わっしもあの小舟は見ましたが、いささか使い込まれましたな。ありゃ、いけねえ。替えどきだ。なあに、兵吉のいう造船場の主は、わっしの朋輩でしてな、代々わっしらは身内付き合いですよ。どうです、これから、造船場を見にいきませんかえ」

と小籐次父子の考えを見抜いたように誘った。

「忙しくはないか」

「船宿なんてのはね、船頭と女衆でもっておりましてね、親方なんて奉られたってなんの役にも立ちはしませんや」

と河岸道を下りてきた楊太郎が、

「うーむ、立派な体格だ、それで十三だってね。剣術家にはもったいねえな」

と駿太郎を見た。

「親方、おれもいこうか」

「兵吉、おめえの出番はもう終わった。北割下水(きたわりげすい)の造船場へはおれが赤目様親子をご案内申し上げる。おめえはしっかりと船の手入れをしていやがれ」

「ちえっ、親方、いいところをかっさらいやがったな」

「なんという口の利きようだ。酔いどれ様と駿太郎さんが呆れてなさるぜ」

と兵吉に言い放った親方が駿太郎の猪牙舟に乗ってきた。

「駿太郎さんよ、途中でさ、親方なんぞ堀に転がし落としてくんな。いなき屋が清々(せいせい)するからよ」

と兵吉が言って駿太郎の漕ぐ猪牙舟の舳先を竹竿で器用にくるりと転回させた。さすがに船宿の船頭だ、駿太郎は驚いた。

横川の東側に並行して十間川が走っていた。横川も十間川も人工の水路だ。その二つの堀の間を北割下水と南割下水が結んでいた、ただし大川まではつながっていない。むろん北割下水も南割下水も人工の堀だ。

「駿太郎さん、櫓を漕ぐ技もなかなかのものだね」

と感心した楊太郎が、

「この先の百姓地と田代様ってお屋敷の間にさ、幅一間半あるかなしかのよ、名無しの堀が口を開けておりやす。そこへ猪牙の首を突っ込んでくれませんか」

と命じるとおりに駿太郎が舳先を突っ込んだ。

「ほうほう、大したもんだね」

と楊太郎が感心した。

「親方どの、わが旧藩は来島水軍の末裔でな、今でこそ豊後(ぶんご)の地に転封になったが、海の民よ。ゆえにわしが父から習った剣術も来島水軍流、いわば船戦(ふないくさ)の折の剣術よ。つまりは櫓の漕ぎ方も竿の扱いも代々の来島水軍譲りというわけじゃ」

「ほうほう、なるほどなるほど。聞けば得心が行きましたぞ」

楊太郎は話の冒頭にふたつ言葉を重ねるのが癖らしい。

小籐次と楊太郎の問答の間に駿太郎は猪牙舟がすれ違えるかどうかの堀を一丁ほど進むと、

「そこそこ、次をな、寺町に沿って四丁ほど進んで下され」

と楊太郎が命じた。

駿太郎は横川を往来したことはあるが、かように細い堀を進んだことはない。

「ほれほれ、その先をな、本法寺と大法寺の間を東に向かうのが北割下水だ、そこそこ」

と指図しながら寺の門前を猪牙舟が通過するたびに合掌して口の中で御経を唱えた。さらに北割下水から進んできた荷船に、

「おい、荷船、下がんな下がんな」

と手を振って命じた。

「いなき屋の親方よ、船の大きさが違わないか。小せえ猪牙がどくのが作法だろうが」

と荷船の船頭が文句をつけた。

「こらこら、だれに向かってそんな大口を叩くんだ。てめえに船の扱いを教えたのはどこのだれだ」

「そりゃよ、親方の死んだお父つぁんだ」

「ほうほう、竹松(たけまつ)、覚えてやがったか。いいか、わっしが乗っているから、荷船を下げろなんて言やあ、いなき屋の当代はちょいと図に乗り過ぎてねえか、と肚(はら)のなかで考えているな。どうだどうだ、竹松」

「仰るとおりだ。荷船と猪牙がぶつかるときは猪牙が舟を引くのが仕来りだよな」

「ほうほう、竹松。このいなき屋の楊太郎に仕来りを教えるか」

「親方が聞くからよ、答えただけだぜ」

「おうおう、よう言うた。わっしの隣に鎮座なさるお方をどなたと心得る。また猪牙を漕ぐ船頭をだれと思うか、竹松」

最前から小籐次も駿太郎もなにも口を挟めなかった。なにしろこの界隈が縄張りの船宿の親方と荷船の船頭の掛け合いだ。

小籐次は破れ笠を被っていたがその縁に差していた竹とんぼが折からの風にくるりくるりと回った。

「おおー、いなき屋の親方、客は酔いどれ小籐次様か」

「今ごろ気付きやがったか。天下の武人赤目小籐次様のお乗りの猪牙を下がれ下がれという気だったか、竹松」

「親方、すまねえ。おりゃ、まさかと思ってな、気付くのが遅かった」

竹松と呼ばれた荷船の船頭が助船頭に命じて荷船を下げ始めた。

「おやおや、気付くのが遅かっただと。わっしが教えたから気付いたんだろうが」

「そういうことだ、親方。ところで若い侍の船頭をいなき屋は雇ったか」

荷船を下げながら水路を空けた竹松が質した。

「ほうほう、おれの言葉を覚えてやがったか。よく見やがれ、この猪牙はうちの舟じゃねえ。芝口橋際の紙問屋久慈屋の舟だ。船頭様は赤目小籐次様の若様駿太郎様だ。これで得心いったか、竹松」

「へえへえ、分かりました。この界隈でよ、下手な大名屋敷の用人なんぞよりも何十倍も怖いお方を乗せてどこに行きなさるな、親方」

「そ、それは竹松の知ることではないぞ」

「へえへえ、これでようございますかね、酔いどれ様、若様よ」

と竹松が親子に質した。

「竹松さんか、すまんな。手間をとらせて」

と詫びた小籐次が駿太郎に目顔で船べりを接せよと命じた。

駿太郎が手際よく猪牙舟を荷船に寄せた。

「手間賃じゃ、仕事が終わったらふたりして一杯飲みなされ」

と一朱二枚を取り出した。

「た、魂消たぞ。いなき屋の親方、おりゃ、酔いどれ様から心づけを貰ってよいか。まさかなんとかって刀がよ、抜き放たれておれの首は飛ぶまいな」

「小うるさいのはこのいなき屋の親父よ。天下の武人ともなるとな、竹松の首なんぞ飛ばすものか」

いなき屋の楊太郎は己を承知のようでそう言った。

「ありがてえ、頂戴しますぜ」

と竹松が手を差し出して二朱を受け取り、

「酔いどれ様、一つだけお願いしてもよいかのう」

竹松、と叫ぶ楊太郎を無視して小籐次が、なにかなと問い返した。

「おりゃ、銭もありがたいがその竹とんぼが欲しい。舳先に付けておると、赤目小籐次様ゆかりの荷船と思ってもらえるかもしれねえ」

「なんじゃ、さようなことか」

小籐次が破れ笠から竹とんぼを摑むと虚空に向かって放った。すると竹とんぼが秋の陽射しのなか大きな円弧を描いてゆっくりと竹松の顔の前に飛んできて止まり、竹松がそれを摑んだ。

「驚いた驚いた、魂消たぞ魂消たぞ」

と楊太郎親方が感心した。

四

北割下水の田圃(たんぼ)の間にこんな木場の材木置き場を小振りにしたような池があるなど、小篠次と駿太郎父子は知らなかった。

北割下水から南へと幅三間の水路が引き込まれ、その水路の両岸にも池の四方にも松や銀杏や椿や躑躅(つつじ)など大小の木々が植えこまれているので、楊太郎の懇意にする造船場は北割下水からでは見えなかったのだ。

新造船や修理する舟が三十数間四方の池のあちらこちらに見えた。

「父上、うちの研ぎ舟もあります」

と駿太郎が差したところに、確かに一段と古びた小舟があり、水がさらに入ったか、斜めに傾(かし)いで見えた。

「うーむ、あれはダメじゃのう」

「父上、よくあの小舟で隅田川から江戸の内海を行き来しましたね」

と親子が感心したように言い合った。

「酔いどれ様よ、女衆なんぞを乗せておるときに浸水しなくてよかったよな。死人が出ても不思議ではないぞ」

といなき屋楊太郎が親子の問答に加わり、一艘の屋根船を新しく造っているところに向かって、

「おいおい、蛙の親方よ、酔いどれ様をお連れ致したぞ」

と叫んだ。

「おお、いなき屋か、うちにどえらいお方を誘ってきたな」

と応じた蛙の親方は、いなき屋より少しばかり年上と思えた。がっしりとした上体が船を見るために猫背になって、蛙の格好に似ていなくもない。

「いなき屋楊太郎さんや、蛙の親方の本名はなんだな」

「本名だと、あったかな、そんなもの。おお、おお、船造りの亀作だ。亀より蛙に体つきが似ていよう。だれも亀作なんて呼ばないぞ」

と教えた。

初対面で蛙の親方との呼びかけもなかろう、と小籐次が、

「亀作親方、わしがあの古舟の持ち主、いや、久慈屋から借りておったで借り主の赤目小籐次でござる。こたびは面倒をかけ申す」

と挨拶をした。

「天下の武人に丁寧な挨拶をされて恐縮じゃな。わしが楊太郎の悪さ仲間の蛙の亀作じゃぞ。よろしくな」

「世話になるのはこちらのほうじゃ。これまで使っておった研ぎ舟がダメだというのは改めて見てよう分かった。こたびばかりは金子(きんす)が掛かっても新たに造ろうと思う」

と小籐次がいうところに新造中の屋根船の傍らに駿太郎が猪牙舟を寄せた。造船中の船が数艘見える池の周りの植込みは、冬に吹き付ける筑波下ろしを避けるためかと小籐次はそのとき気付いた。

新造中の荷船の背後に天井の高い建物があった。

「酔いどれ様よ、どうだどうだ、この蛙の造船場はよ」

「よいな、なんとも風情があってよい趣じゃな。きっと造られる船もしっかりとした船であろう。この屋根船を見ただけで分かるぞ」

「それそれ、ひと目で蛙の親方の腕が分かったか。差し障りは酔いどれ様がふんだんに銭を持ってないことじゃな。なにしろ裏長屋のかみさん連を相手にぼろ包丁を研いでたったの四十文の研ぎ賃では銭は貯まるまい」

楊太郎が小籐次の懐具合まで口にした。

「まあ、確かにうちに小判がざくざくとは言えぬな。されど舟を造って頂くのに出さねばならぬ費えはなんとしても捻出しよう。まずは親方にわれらの舟を造ってもらえるかどうかを聞くのが第一だな」

「酔いどれ様よ、このいなき屋の楊太郎様がお連れしたお客、それも天下一の剣術家の赤目小籐次様の願いをだれが断りきれるというよ。酔いどれ様は、公方様とも付き合いがあるそうだな」

と楊太郎が余計なことまで持ち出した。

「公方様が研ぎ屋風情と付き合いじゃと。そなたも読売なんぞの与太話を信じた口か」

「ほうほう、ならば聞こうじゃねえか。今年の春、千代田の御城の吹上の御庭の花見に呼ばれて、強か酒を馳走にならなかったか」

うーむ、と小籐次は唸っただけで返答はしなかった。

「まあ、舟の造り賃はこのいなき屋の楊太郎が蛙の親方に掛け合おうじゃねえか。安心してああしたいこうしたいと願いを並べたてな」

と楊太郎が言い添えた。

小籐次と駿太郎のふたりは猪牙舟を杭に舫うと真っ赤な曼殊沙華が咲き乱れる陸地に上がった。

「赤目様、なにか注文はあるか」

造船場の主亀作が小籐次に質した。

「研ぎ舟じゃぞ、難しい注文などあるものか。亀作親方はわれらの古舟を承知だな。あの程度の舟で事足りたのだ、それも十数年の長きにわたって働いてきた。われら、千石船の注文をするのではないわ、まずはわれら父子が研ぎ舟に並んで、砥石に向かえればよきことだ」

小籐次の返答に楊太郎がいささか慌てた様子で、

「ま、待て待て、酔いどれ様よ。こんどよ、研ぎ舟を造るのは初めてじゃな、ならばさ、赤目家の家紋とかさ、なんなら知り合いの公方様の葵の御紋なんぞを研ぎ舟の舳先にな、飾ったりしねえか」

「いなき屋の主どの、冗談にもほどがあるぞ。研ぎ屋じじいの仕事舟の舳先に葵の御紋なんぞ飾られるものか」

「おりゃ、おりゃ、冗談でいうているのではないぞ。天下の酔いどれ小籐次、将軍家の家紋を借りるくらいできねえか」

そのとき、亀作親方がなにかを思い出した顔付きをしたのを駿太郎は見た。だが、小籐次と楊太郎は妙な問答で気付かなかった。

「いや、要らぬな。そなたも承知であろう、わしの大半の客は使い込んだ出刃包丁の研ぎを願う女衆だぞ、それが葵の御紋では、主のわしも客もひっ捕らえられて小伝馬町(こでんまちよう)の牢屋敷にしゃがむことになるな」

小籐次の困惑ぶりを聞いた亀作が破顔し、

「あのな、酔いどれ様よ、いなき屋の旦那は、船頭どもにえらそうなことを抜かしておるが、頭のなかは昔からこの程度よ。楊太郎の旦那が従ってくるより兵吉のほうがなんぼか話が早いわ」

と言い切った。

「蛙の、葵の御紋は研ぎ舟にはだめか」

「いなき屋の船につけてみねえ、たちまち御用の声がかかり、おまえさんの首が飛ぶな」

ふーん、と楊太郎が小首を傾げ、

「ならば家紋は諦めた。蛙の、他にこれぞ酔いどれ小籐次様の研ぎ舟でございと分かる幟(のぼり)とか、看板をつけられないか」

「いなき屋よ、こりゃ、おめえさんの船の注文じゃないんだ。しばらく口を挟まないでくれないか」

「よしよし、分かった分かった。この次にわっしが口を差し挟む折は、お代の掛け合いのときだ」

「分かった分かった。あれっ、おめえさんの口癖の二重言葉まで移ってしまったぞ。値は一発でこの亀作と酔いどれの旦那の間で決まるな。いいか、見ておれ。これからしばらく口出しするなよ、いなき屋」

口を押えた楊太郎が分かったという風に頷いた。

「これでよしと」

と言った蛙の亀作が、

「酔いどれ様よ、船を新造するとなると大きかろうと小さかろうと手間は一緒だ、幾月もかかるぞ」

「致し方ない、久慈屋さんにあの猪牙舟を借りることを願おう。とはいえ幾月も借りっぱなしはわしもいささか恐縮じゃ、舟が借りられる折だけ駿太郎といっしょに働こうか」

との小籐次の言葉を聞いたいなき屋楊太郎が、なんだ、と口を挟みかけ、蛙の亀作に睨まれて黙り込んだ。

「酔いどれ様、聞きたいことがある。どうしても研ぎ舟を新造したいか」

「うーむ、中古の研ぎ舟なんぞが売りに出ておるか」

「どこのだれが小舟を使って研ぎ仕事をなすものか。酔いどれ小籐次様ゆえできる仕事であろうが。それとも他に研ぎ舟商いをしている同業がおるか」

「知らぬのう」

　と小籐次が駿太郎を見た。

「父上が始めた研ぎ舟です。真似をする研ぎ屋さんは聞いたことも見たこともありません。ということは、中古の研ぎ舟など、あそこに沈みかけて浮かんでいるうちの舟だけです」

「倅様の申されるとおり使い古した研ぎ舟など、あそこにあるぼろ舟以外この世にないということだ」

　と亀作が言い切った。

「となると新造するしか策はあるまい」

　と小籐次が話を戻した。

「親方、頃合いの舟をお持ちですか」

と駿太郎が亀作に質した。

「ほうほう、倅様は勘がよいな、酔いどれ様よ」

「蛙の親方、こちらは五十路をとうに過ぎた年寄りじゃでな、勘は鈍いな。駿太郎の問いに思い当たる舟がござるか」

ある、と頷いた亀作親方に、

「おいおい、蛙の親方、ぼろ舟の後がまに又ぼろ舟を売りつけようという算段か。おれの面目は丸つぶれだぞ、蛙の」

「値段の掛け合いまで口を開かない約束だぞ、いなき屋」

「おおおお」

と慌てて口を閉ざしかけたとき、蛙の亀作親方が、

「酔いどれ様よ、倅様よ、見てほしい舟があるんだ」

と船着場から作業場らしい建物に案内していった。

「わっしはよ、新しい舟って酔いどれ様に約束したのにな」

といなき屋の楊太郎がぼやいた。

だれも答えない。

亀作親方はあることを思い出していた。

文政八年（一八二五）夏、小籐次が八右衛門新田の知り合いの花火師親子俊吉と華吉になした親切な行為についてだ。半人前の倅華吉を俊吉が最後に残された日にちで一人前の花火職人にしようとした折に小籐次が親子を助けたことをだ。

屋根の下にも水路が引かれ、屋形船の艤装が行われていた。

「蛙の、この、この船で研ぎ仕事か。堀なんぞに入れないしよ、橋の下が閊えるところもあるぞ」

駿太郎は亀作親方の視線の先の舟に眼を止めた。確かに新造したばかりの舟には見えなかった。だが、水にさほど浸かった舟とも思えなかった。

「親方、あの舟に曰くがございますか」

との駿太郎の問いに亀作は、あります、と頷いた。

「二年前、客の注文で造った舟でしてね。舟足は速く、乗り心地はよいものを、との客の願いだ。つまり手間暇がかかった舟ですよ。底は平底の高瀬舟とは違い、猪牙舟のように鋭利に窄まっておりましょう」

と言いながら小籐次父子といなき屋の楊太郎を舟の傍まで案内した。胴ノ間には良質の木材で床板が設えてあった。

「長さは猪牙舟よりちょいと長い三十二尺、真ん中あたりで幅五尺二寸、凝った造りですよ。見てごらんなされ、大事な箇所には銅板で飾りと補強が兼ねてある」

小籐次は惚れ惚れとしてこの舟を見た。これまで使ってきた研ぎ舟とは比べようもない。

「おい、蛙の親方、出来はいいが、なんぞ不具合があって客が受け取らなかったか」

「いなき屋、おまえさんもおれとは長い付き合いだな。おれが拵えた舟が出来損ないだというのか」

「しまったしまった、言いすぎた言いすぎた。わっしが悪い」

「値段の掛け合いまで口をはさむなと言ったにもかかわらず口出しするからこうなる」

「すまねえすまねえ、もう一つ重ねてすまねえ」

「詫びの言葉ってのは重ねれば重ねるほど心がねえのが透けて見える」

と蛙の親方に言われていなき屋楊太郎がしょんぼりした。

「赤目様よ、この舟は確かに注文流れだ。客が妾(めかけ)の家に行くのに注文した舟だが、遊びが過ぎて本業がおろそかになり、突然身代を潰(つぶ)して夜逃げをした舟、ゆえにだれも一度として乗ってねえ」

「ああ、本所長崎町の」

と言いかけたいなき屋が不意に黙り込んだ。

「ああ、楊太郎親方が考えている人物よ、昔はおれたちの遊び仲間だったな。一文も払わず、迷惑をかけたの一言の詫びもない。舟は水の上で命を預ける乗り物だけによ、こんな注文流れはゲンが悪いや。赤目様よ、おまえ様は天下一の武人だ。こんな曰くつきの舟でもよかったら使ってくれないか」

と蛙の亀作親方がさらりと言った。

花火造りの名人俊吉は、倅の失態のために右手を失い、さらに病になり医者からは余命を宣告されていた。その花火師親子を小籐次が激励して、息子の華吉や弟子たちが造った乱れ打ちのあと、華吉の尺玉が大川の夜空を彩ったのを見て俊吉は逝った。その陰に小籐次の必死の助けがあったことをいまやはっきりと思い出していた。

「親方、舟にはなんの責めもない。いい舟だ。この舟を研ぎ舟に使えといいなさるのだね」

「へい」

った。

「もし乗れるものならば、前の池で乗ってみとうございます」

と駿太郎が即答した。その言葉に親方が弟子たちを呼び、即座に池に運んで行

「駿太郎、どうだ」

「父上、しっかりとした造りでございますね。これならば野分の内海だって乗りこなせます」

と池に浮かんだ舟を見た。

「大人の十人は楽に乗れそうじゃな」

「父上が最初に櫓を漕ぎますか」

「いや、駿太郎、そなたが操れるかどうかが、ただ今のわが家では大事じゃでな。駿太郎がまず櫓を使ってみよ」

との小籐次の命に駿太郎が嬉しそうに艫に移り、久慈屋の猪牙舟と比べた。

その舟は秋の陽射しのなかで甦ったようで一段と立派に見えた。

「親方、お借りします」

と断った駿太郎が竹竿を使い、池に出すと櫓に替えた。

「おお、剣術家にしておくのはもったいねえな」

とまたもやいなき屋の楊太郎がもらし、

「いなき屋の旦那、父親はだれだえ。公方様の知り合いと違うかえ」

「おお、そうだったそうだった」

と蛙の親方に答えて小籐次を見た楊太郎が、

「駿太郎さん、どうだい、櫓の具合はよ」

「並みの猪牙舟とはまるで違います。母上もきっと大喜びなさいます」

と池を自在に乗り回しながら言った。

「となると蛙の親方、舟の値段だけだ」

「いなき屋の、おまえさんのとこに猪牙舟を納めるんじゃねえや。だれが御救小屋に何百両も寄進なさる酔いどれ小籐次様に売れるものか、お使い頂くんだよ」

「なにっなにっ、ただというのか。そりゃおれが先に声をかけるんだったな」

花火師の名人俊吉に小籐次がなした厚意は金子では買えないことを蛙の亀作親方は承知していた。

「船宿のおまえさんの屋根船や猪牙はただかえ。船賃をとるんだろうが。いいかえ、そこへ行くと赤目小籐次様は格別なお人だ。研ぎ代四十文で何百両もを寄進なさるお方ゆえ乗って頂くんだよ」

「えれえ、えれえな。蛙の親方はよ」

といなき屋楊太郎が感心した。

「困ったのう。あれだけの舟をただというわけにはいくまい。ちと考えさせてもらえぬか」

と小籐次は言った。そこへ駿太郎が舟を寄せてきて、

「こんな乗り心地のよい舟は初めてです、父上」

と叫んだ。

「赤目様、駿太郎さん、研ぎ場の造りになんぞ注文がございますかえ」

「舟研ぎではさほど難しい研ぎをなすわけではなし、あれにある古舟でさえ、長年使ってきた父子だ。親方が考えてこれは付けたほうがよいと思う仕掛けを造ってくれぬか。ときにわが女房どのや女衆が乗るでな、その折は研ぎの仕掛けは取り外しが利くようにな、してくれぬか」

「ならば三日ばかり時をくださいな。望外川荘に届けますかえ、それとも取りにお出でになりますかえ」

と蛙の亀作が質した。

「そうじゃのう。こたびのことで世話になった御両者と兵吉さんに一夕酒を馳走

したい。一緒にこの舟を届けに来てくれぬか」

と願った。

「ならば三日後の七つ（午後四時）時分にいなき屋の兵吉に漕がせて、楊太郎親方とお届けに上がります」

「帰りはわたしがお二人と兵吉さんを送らせてもらいます」

と駿太郎が応じて、名残り惜しそうに舟を下りて問うた。

「父上、大きな船は名がありますよね。この舟に名をつけてはなりませぬか」

「ほうほう、駿太郎さんは小舟に名をね。なんぞ浮かんでおりますかえ」

「いえ、望外川荘に戻って母上に相談します。それでようございますね」

駿太郎の問いに小籐次が頷いた。


帰路、久慈屋の猪牙舟で小籐次が船宿いなき屋の主に質した。

「いくらなんでもただというわけには参るまい。そなたは船宿の主、あの舟がいくらくらいの値か推量つかぬか」

「蛙の親方が天下の酔いどれ小籐次様から銭はとれないと言っているんですぜ。もっともただほど高くつくと巷ではいいますよね。わっしの感じではうちの猪牙やこの舟の三倍の値段でしょうね。檜や杉の板で節一つありませんや、それに細工が凝っていますしね。百両かな」

と言った。

「百両か、大した研ぎ舟になったものよ。なんとかおりょうと相談してみよう」

と小籐次が言ったとき、

「待った待った、待った」

と船宿いなき屋の楊太郎が不意に叫び、

「蛙の胸の内が分かったぞ。そうだ、亀作親方はよ、八右衛門新田の花火屋と知り合いなんだよ。名人の俊吉さんの最期を承知なんだよ、酔いどれ様がなした厚意をな、知っているんだよ」

と言い、

「赤目様、こたびの一件は、蛙の親方の漢気を大事にしてやってくださいませんかえ」

と船宿の主にして昔からの遊び仲間といういなき屋楊太郎が優しい言葉を小籐次にかけた。

第二章　火付盗賊改との再会

一

この夕べ、望外川荘では新しい舟のことで話が盛り上がった。簡単な経緯を駿太郎がおりょうとお梅に説明した。

「えっ、兵吉従兄(あに)さんの知り合いの造船場(そうせんば)が北割下水にあるの」

とまずお梅がこのことに驚いた。

「お梅さん、私も知りませんでした。小梅村のなかにあんな池があって造船場があるなんて。父上も驚いていましたよ。造船場の主の、蛙の亀作親方がいい人なんです」

「従兄もいっしょに新しい舟を見たの」

「兵吉さんは船宿で留守番でした。船宿いなき屋の楊太郎親方は蛙の親方と幼なじみで仲がいいんです。だからここはおれの出番だと船宿の親方が張り切ったんです」

「おまえ様、蛙の親方は花火師の俊吉さんをご存じだったのですね」

おりょうが話柄を転じた。

「そうらしいのだ。だが、ご当人は最後まで俊吉どのについての話を一切されなかった。造船場からの帰り舟でいなき屋の楊太郎親方がふと思い付いて、わしのことを花火師俊吉の一件で蛙の親方は承知していてな、こたびの舟は商いなんて考えていないのではないかと推論され、わしに蛙の親方の漢気(おとこぎ)を素直に受け取ってくれというのだ」

「そんな曰(いわ)くのある舟とはいえ、一度としてお客の手に渡っていない舟をただで頂戴するなんてできましょうか」

「そこなのだ、おりょう。三日後に蛙の親方、いなき屋の主、それに兵吉さんを望外川荘に招いてある。その折、改めて話そうかと思う」

「はい。それがよろしいかと思います」

とおりょうがいい、続けて、

「新しい舟を見るのが楽しみです」

「母上、これまでの小舟より一回り、いや二回りは大きくて立派なんです。きっと乗り心地に感心されますよ。そんな舟に名をつけたいのですが、なにか知恵はありませんか」

「駿太郎はすでに頭に思い描いた舟の名があるのではありませんか」

ありますす、というように頷いた駿太郎が、

「蛙の亀作親方の心意気を考えて、蛙丸(かわずまる)というのはどうですか」

「ほうほう、考えたな、駿太郎。研ぎ舟蛙丸か、悪くないな、どう思うな、おりょう」

小籐次がおりょうに問うた。しばし思案したあと、

「ほっほっほほ」

と笑ったおりょうが、

「蛙丸ですか、確かに買わずにただで頂戴する舟でございますね」

「なに、おりょうはただ舟かもしれんで、買わず丸、蛙丸と考えたか」

「おまえ様、冗談ですよ」

とおりょうが言い、

「いえ、駿太郎もまさかさようなことは考えておりません。親方の人柄と体付きからの異名をそのまま拝借しただけです」

「買わず頂戴するゆえ、買わず丸となるか親方の綽名(あだな)の蛙丸になるか、三日後が楽しみじゃぞ」

と小籐次がこの話題を締めくくろうとした。すると駿太郎が、

「父上、三日後に新しい研ぎ舟がくるのです。明日にも久慈屋に猪牙舟をお返ししたほうがよいのではありませんか」

「おお、そうじゃ。商い用の舟じゃ、一日でも早くお返ししようか」

「ならば朝稽古の前にお返しに行きましょうか」

「待て。前の研ぎ舟も長年お借りしていた。猪牙の礼は親のそれがしが述べるべきであろうな」

「おまえ様、いかにもさようです」

とおりょうの言葉で明日の予定がなった。

翌朝、駿太郎の櫓で小籐次は破れ笠を被り、桜紅葉を眺めながら大川を下った。

アサリ河岸の傍らで駿太郎が小籐次に櫓を譲って下り、小籐次はまず新兵衛長屋に立ち寄って研ぎ道具を長屋から二組持ち出して猪牙舟に載せ、久慈屋に向か

おうとした。そこへ勝五郎が姿を見せた。

「新兵衛さんはどうしておる」

と小籐次が尋ね、

「ああ、ここんところ朝っぱらから研ぎ仕事はなしだな。昼前にゆっくりとお出ましだ。まあ、こっちの赤目小籐次は研ぎ舟がなくとも商いはできるもんな」

勝五郎が答えるところにお麻に付き添われて新兵衛が現れた。だらしなく着た袷（あわせ）の腰に木刀が差し込まれていた。

「おや、赤目小籐次様の早お出ましにございますかな」

と本物の小籐次が形きりの小籐次に言った。

「おお、そのほう、時折長屋にやってきおる年寄りだな。そのたびに物がなくなるとせっちん通いが言いおったが、そなた、盗人（ぬすっと）の鼠小僧（ねずみこぞう）ではあるまいな」

と弱い声音ながら時世を承知しているようでそう質した。

「赤目様、鼠小僧ならば長屋に一、二朱ほど投げ込んでいくのではありませんかな。鼠小僧が物を盗むとは思えませんがな」

「そうじゃな、貧乏長屋から物がなくなるとしたら、おお、せっちん通い、そのほう、物を盗んで質草などにしておらぬか」

と新兵衛が決めつけた。

　勝五郎が新兵衛から小籐次に視線を移し、

「ほんとうによ、新兵衛さんは呆けているのかね。おれたちを長年にわたりだまし続けているんじゃねえか」

「うーむ、そう思いたいがさようなことはあるまい」

と答える小籐次にお麻が、

「私どもも幾たびも正気なのか狂気なのか迷わされました。だけど、まともなことを言ったあとに粗相をしたり、わけの分からぬことを言ったりします。娘の私さえ覚えがないのです。お父つぁんはこれで幸せでしょうが、赤目様を始め長屋のご一統様に不快な思いをさせて申し訳ございません」

と詫びた。

「これぱかりは致し方ないでな、新兵衛さんも好んで呆けたわけではない。ましてこのところ昼間に桂三郎さんとお夕さんが金春屋敷近くの工房に出かけて仕事をしておる。当人も寂しいのであろう。勝五郎さんや、すまぬが新兵衛さんと付き合ってくれぬか」

とお麻とともに頭を下げた。

「分かっているって。ただな、おれよりまともなことを喋ることがあるんでな、ついそう思ってしまうのよ」

頷いた小籐次は、

「赤目様、本日は穏やかな秋日和、研ぎ仕事がはかどりましょう」

「おお、そうじゃ。そなたもな、せっせと仕事をなせ」

「ははあ、畏まりました」

と応じると新兵衛が柿の木の下の研ぎ場に座った。

「おい、酔いどれ様よ、やはり研ぎ舟の修理はできそうにないか」

新兵衛に聞こえない小声で勝五郎が堀留に向かいながら問うた。

「おお、それじゃ、船大工がな、もはや修繕は無理と言い切ったのでな、久慈屋から猪牙を借りておったが、本日は返しに参ったところよ」

「なに、研ぎ舟なしで仕事か。それじゃあ、新兵衛さんといっしょだな」

「いや、いささかあれこれあって新たに研ぎ舟を手に入れることにした」

「おお、景気がいいな。猪牙舟より小さくても新造舟は何十両もかかろう。それに三月や四月はかからないか」

「それが曰くがあってな、明後日に望外川荘に届くことになっておる。子細はまた詳しく述べるでな」

勝五郎に言い残した小籐次は、庭から猪牙舟に飛び降りて竹竿を使い、堀留に出た。

小籐次が久慈屋の船着場に舟をつけたとき、見習番頭の国三（くにぞう）が、

「お待ちしておりました」

と言った。

「申し訳ない。研ぎの道具をすべて下ろすでな、手伝ってくれるとあり難い」

と言い、荷運び頭の喜多造に、

「頭（かしら）、この猪牙舟、お返しすることになった」

「おや、どうなさいましたな」

「昌右衛門（まさえもん）様と観右衛門さんに事情を話したあと、お返しする経緯を告げよう。まずは主どのに挨拶して参る」

と国三と一緒に研ぎ道具を抱えて船着場から河岸道に上がった。

「おはようございます」

と観右衛門が声をかけてきた。なにか用件がありそうな顔付きだ。

店の土間の一角に研ぎ道具を下ろすとすでに帳場に座した昌右衛門と観右衛門

に向かい合った。

「どうやら新しい研ぎ舟を注文することになりましたか」

観右衛門が小籐次の気配を見て質した。

「大番頭さん、ご賢察のとおりじゃ。明後日には舟が届きます」

「ということは中古の舟が見つかりましたかな」

「そう簡単な話ではございませんでな」

と紐を解いて破れ笠を脱いだ小籐次が框に腰を下ろした。すると心得たようにお鈴が小籐次に茶を供してくれた。

「あり難い、お鈴さん」

と礼を述べて一口喫したところで、昨日訪ねた北割下水の造船場での経緯を小籐次は子細に語った。

「なんと一度も乗ったことのない舟がございましたか」

「それがこちらの猪牙より長さも幅も大きゅうございましてな、駿太郎が乗ってみたのですが、漕ぎ心地はなんともよろしいというておりました。差し障りは主の蛙の亀作親方が客の注文流れゆえ、お代はいらぬということでしてな」

「なんと、ただですか」

観右衛門が驚き、小籐次はその事情を告げた。

「赤目様、去年の善行がかようなかたちで赤目様に恩恵を授けてくれましたか。情けは他人のためならずでございますな」

と大番頭が言い、

「それは差し障りではございませんぞ。運よきことではございませんか」

「とは申せ、研ぎ舟には立派過ぎる舟に蛙丸と名までつけてはみたもののただで頂戴してよいものか、おりょうと頭を抱えておるところです」

という小籐次の言葉を聞いた昌右衛門がにっこりと笑った。

「大番頭さんが言うとおり、赤目小籐次様の善意がかようなかたちで巡りめぐってきたのです。ここは造船場の親方さんの漢気を素直にお受けになりませんか」

「昌右衛門様、それでようございますかな」

と小籐次が答えるところに馴染みの空蔵が久慈屋の店に入ってきた。

「おい、酔いどれ様よ、なんぞ厄介が降りかかったか。研ぎ仕事を駿太郎さんに任せて、あちらこちらに手を出しているから難題が降りかかる。どんな難儀だ」

「難儀のう」

と応じた小籐次が黙り込んだ。すると昌右衛門が小籐次の顔色を見て、話してもようございますね、という表情で目くばせをした。

「格別隠すことではござらぬが、読売屋のネタになる話でもあるまい」

と答える小籐次に空蔵が、

「八代目、どんな難儀ですね」

と突っ込んだ。

「難儀ではございません。麗しい善行です」

と前置きした昌右衛門が手際よく話して聞かせた。

しばらく沈黙して聞いていた空蔵が、

「そりゃ、難儀ではございませんな、当たりくじを拾ったような大運だ。酔いどれ小籐次様はよ、どこをどう考え込んでいるのだよ」

「昨日わしが初めて会った造船場の主じゃぞ。そのお方から未だ使うてもいない舟を頂戴するのは恐縮至極ではないか」

「だからさ、去年の夏、八右衛門新田の花火屋でよ、死にかけていた名人に最後の力を振り絞らせてダメ倅と仲間の職人どもに命を張って秘伝を授けた一件が巡りめぐって、酔いどれ様が舟を一艘もらおうって話だよな。久慈屋の八代目が言われるとおり麗しい話でよ、なにを考え込まなきゃならないんだ。黙ってもらっておきなよ、それが酔いどれ小籐次という御仁の大きさじゃねえか」

「うーむ」

と小籐次が唸った。

「改めて尋ねますがな」

と観右衛門が小籐次を見た。

「その舟には蛙丸と造船場の親方の異名をつけたのですな」

と小籐次が漏らした最前の話を思い出させた。

「大番頭さん、その舟にな、蛙丸と名付けたいと言い出したのは駿太郎でしてな。おりょうがそれを聞いて、亀作親方の異名を蛙と知って、『買わずにもらうから蛙丸ですか』と冗談を言い出しましてな、望外川荘の昨晩は大騒ぎでござった」

空蔵がぱーんと両手を叩いて、

「おお、さすがにおりょう様、買わずに入手したから造船場の親方の綽名と重ねて蛙丸と考えられましたか、このネタ、捻りしだいでちょいと面白くなりそうじゃねえか」

と思案した。

「よいか、商売のネタなどにするのではないぞ、空蔵さんや」

「いや、こりゃ、殺伐とした世の中でほんわりと気持ちを明るくする話になるな。殺した殺されたばかりの話じゃ読売もつまらねえ、酔いどれ様よ、おれが北割下水の蛙の親方に会ってよ、話を聞いてもいいかえ」

「なに、やっぱり読売のネタにしようというのか」

小籐次は、どうしたものかと腕組みして考え込んだ。

「赤目様、この話に関しては読売屋空蔵さんの勘を信じられたらどうですね」

と昌右衛門が言い、

「私も旦那様の仰る通りだと思いますな、空蔵さんなら蛙の親方も正直な気持ちを話してくれそうな気がします。いきなり赤目小籐次では、相手も話せないこともありましょうしな。その辺の駆け引きはこの際、空蔵さんにお任せしませんか」

「蛙の亀作親方が読売に載るのでは嫌だと申されたら、どうするな」

「酔いどれの旦那、おまえ様とは長い付き合いだ。蛙の親方が頑固にダメだというときは、この空蔵、きっぱりこの話諦めようじゃないか」

と空蔵が言い切った。

「分かった。ならばこの話、そなたに任せよう」

と小籐次は言うしかなかった。

「よし、おりゃ、これから北割下水に乗り込むぜ。道中、蛙の親方にどう突っ込むか、思案しながら行こう」

「空蔵さんや、北割下水まで徒歩（かち）で行かれますか」

と観右衛門が聞いた。

「読売屋は酔いどれ小籐次様ほど懐が豊かじゃねえんだぜ。橋を渡って徒歩で行きますよ。足だけはまだまだしっかりとしていますからね」

「ならばうちの舟でお行きなされ」

と言った観右衛門が、

「国三さん、おまえさん、猪牙で空蔵さんを送り届けなされ」

「えっ、大番頭さん、そんなことってありか」

「おまえさんも徒歩で川向こうまで行くより舟のほうが楽でしょう。道中よい思案もつきましょう」

「いいのかえ、そんなことをしてもらって」

と破顔した空蔵に頷き返した観右衛門が国三に目顔で、

（おまえさんの役目はなんだかお分かりですな）

と告げた。

すっかり飲み込んだという表情を見習番頭が大番頭に返した。

ふたりが出ていったあと、

「大番頭さん、空蔵さんの見張り方に国三をつけましたか」

「旦那様、見習番頭さんの役目はあくまで猪牙の船頭にございます」

と観右衛門が真面目な顔で応じた。

「さすがは大番頭どの、読売屋のほら蔵相手になかなかの古狸ぶりでござるな」

「赤目様、空蔵さんとて私の差し金などとっくに見抜いておりますよ。まあ、蛙の親方との問答が空蔵さん当人だけではのうて、国三から聞けるのであれば、赤目様も安心ではございませぬか」

「あれこれと気配りありがとうござる」

と小籐次が礼を述べると、観右衛門がこれへというように帳場格子の前に手招きした。

「赤目様、新たな厄介が舞い込んでおりましてな」

「なに、なんぞ新たな面倒が久慈屋を襲っておりますか」

「いえ、うちではございません。赤目小籐次様にございますよ」

「ほう、この爺にですか」

「昨晩、五つ半（午後九時）時分に表戸が叩かれましてな、火付盗賊改のお二人がうちに訪ねてこられました。赤目様とは面識があると申されておりましたがな」

「火付盗賊改与力小菅文之丞（こすげぶんのじょう）および同じく同心琴瀬権八（ことせごんぱち）、ではござらぬか」

小籐次は、伊勢町河岸の料理茶屋よもぎの娘おそのが行方（ゆくがた）知れずになった騒ぎでこの二人と会っていた。

「いかにもさよう、巷で火付盗賊改の評判が悪いのがよく分かりました」

と観右衛門がその折の問答を思い出したか苦々しい顔で吐き捨てた。

「用件を申しましたかな」

「鼠小僧と赤目様は付き合いがあるとか、首を洗って待っておれとの伝言を言い残して出ていかれました。本日にもまた姿を見せましょうな」

「それは厄介かな、いえ、楽しみかな。以前会ったのは二年前であったか、よう覚えておらぬが、少しは賢くなったかのう」

と小籐次がのんびりとした口調で返事をして研ぎ場に座した。

二

四つ半（午前十一時）ごろに駿太郎が朝稽古を終わって久慈屋の研ぎ場に駆け込んできた。そして、帳場格子の八代目主人や大番頭、さらには大勢の奉公人への挨拶もそこそこに研ぎ仕事を小籐次の傍らで始めようとした。すると小籐次が、話の行きがかりで蛙丸入手の経緯を久慈屋の八代目と大番頭に告げ、これまで長いこと小舟や猪牙舟を借りていた礼をすでに述べたことを告げた。

「それはようございました」

と駿太郎も礼を言って仕事を始めた。

駿太郎が一本目の出刃包丁を研ぎ終えた九つ（正午）前か。

空蔵が意気揚々と研ぎ場の前に立ち、

「蛙の亀作親方は、赤目様に損得抜きで、さる曰くがあって使って頂くのだ。その事実をきちんと調べて書くというなら、やってご覧なさいと、空蔵の手並みを拝見しようという感じだったぜ」

と報告した。そこへ猪牙舟で送迎をなした国三が空蔵の言葉を途中から聞いたか、小籐次に向かって頷いた。

「それでよ、肝心の読売だが、なぜおめえさんに売れ残っていた舟を都合するか、やはり八右衛門新田の花火師親子を雇っていた緒方屋の親方と蛙の亀作さんは知り合いでよ、去年、名人だった俊吉が死の間際、力を振り絞って花火造りの秘伝の数々を教えたのは、赤目小籐次、おめえさんの考えを受け入れたからだったな。俊吉さんは倅の華吉さんが造った一尺の大玉を見ながら亡くなったんだってね、おりゃ、この裏話を知らなかった。こたびの読売の要はこの辺りだな、緒方屋の主とも会ったが、昔話だが、俊吉の一回忌も過ぎた、もう一度、読売が取り上げてくれるのならば俊吉の供養になるし華吉や他の職人の励みになろうと快く了解してくれたんだよ。どうだ、赤目様、おれに読売の書き方は任せるということで、書かせてくれないか」

と空蔵が小籐次に願った。

小籐次は国三に視線を向けると黙って頷いた。

「よし、さっきも言ったが殺伐としたご時世だ、殺しだ、血を流すだという騒ぎの他にさ、ほのぼのとした読売もあっていいだろうが、酔いどれ様よ」

と空蔵が言い足し、小籐次はああ、ともらし大きく頷いた。すると空蔵が、よしと言い残して姿を消した。

「国三さんや、ご苦労だったな」

と小籐次が見習番頭に礼を述べた。

「いえ、私はなにも」

と応じて仕事に戻りかけた国三が、

「赤目様、立派な舟ですね。蛙の親方はすでに研ぎ舟に便利なようにあれこれと工夫を加えておられましたよ。これまで赤目様と駿太郎さんがお使いの小舟も改めて見直しましたが、やはり替えどきでした。こたびの研ぎ舟は、芝口橋界隈でも評判になるほどのいい舟です」

と述べた。

「見習番頭さん、それほどの舟ですか、それは楽しみな」

と観右衛門も国三に問うた。

「大番頭さん、赤目様親子に相応しい立派な研ぎ舟蛙丸です」

「研ぎ舟蛙丸ね、早く見たいものですな」

と言った観右衛門が、

「八代目、私どもも、もっと前に赤目様の先代研ぎ舟のことを気にかけるべきでしたかな」

「いえ、赤目様親子があの小舟を丁寧に使ってくれたお陰で、こたびの立派な舟が研ぎ舟二代目になったのです。これもそうなるさだめにあったというべきでしょう。そのことを読売屋の空蔵さんは勘で見抜いておりましたよ」

と昌右衛門が応じ、頷き返した観右衛門が、

「そろそろ昼餉の刻限ですよ、国三、おまえさん方から食しなされ」

と許しを与えた。

「駿太郎さん、私とごいっしょしませんか」

と国三が朝稽古で腹が減っている駿太郎を誘い、小籐次も頷いた。

久慈屋の店先は急に人の気配が少なくなった。

小籐次は、久慈屋の紙切り大包丁を研ぎながら、ふと芝口橋を見た。すると橋の上に険しい目付きの役人ふたりの姿があり、小籐次と眼を合わせた。

火付盗賊改与力の小菅文之丞と同心の琴瀬権八だった。

ふたりが小籐次の研ぎ場の前に黙って立った。

小籐次も研ぎの手を休める心算はなかった。

無言の時が過ぎた。

「われら、火付」

と言いかけた同心の琴瀬に、

「琴瀬権八であったな」

とちらりと顔を上げて見た。火付盗賊改は短く、

「火盗改」

とも呼ばれる。

「赤目小籐次、そのほう、われらが探索する押込強盗の一味と付き合いがあるそうじゃのう。腹をくくって返答を致せ。返答次第では捕縄にてきりきり縛りあげ、役所の白洲（しらす）に引き出すぞ」

と琴瀬同心が脅した。

小籐次は無言で研ぎ仕事を続け、手にしていた大包丁を桶の水で洗って研ぎ具合を確かめた。

「火盗改琴瀬権八、相変わらず高みから物をいうて、探索をなしておるか。そなたの仕事ぶりでは、鼠一匹捕まえきれまい」

と小声で囁（ささや）いた。

「な、なに」

と刀の柄に手をかけようとする琴瀬を小菅与力が制し、

「赤目どの、われらの探索ではそなたが鼠小僧次郎吉なる者と付き合いがあると判明しておる。そなたのことゆえ素直に認めるとも思えぬが、なんぞわれらに告げることはありやなしや」

と問うた。

「鼠小僧次郎吉なる人物と付き合いはない。じゃが、子次郎と申す客の注文は受けた」

小籐次は当然ふたりが子次郎のことを質していると思った。ゆえに問いには大まかながら真実をまじえて答えたほうがよいと考えた。

「なにっ、注文は受けたじゃと」

と琴瀬が腰を屈めて小籐次の顔を睨みつけた。

「わしは研ぎ屋じゃぞ。初めての客が丁重に研ぎを頼むのを断れるものか。研ぎを頼まれた折、そなたの職はなんだ、などと一々問い質しはせぬでな。その者が、盗人でござる、と言わぬかぎりその者の正体は存ぜぬな」

「鼠小僧次郎吉は、望外川荘に訪ねて研ぎを頼んだか」

と琴瀬権八が迫った。

「さような覚えはないな」

「ならばどこで研ぎの注文を受けたか」

しばし小籐次は沈思して大包丁の研ぎ具合を確かめていたが、

「調べがついておらぬのか」

と問い返した。

「素直に答えぬとその方を火付盗賊改の白洲に引っ立てるぞ」

「二度同じ言葉を聞いたな。やってみるか、権八」

琴瀬の顔色が変わり、左足を引いて刀の柄に手をかけようとした。

「止めておけ。わしの手には久慈屋さんの大包丁がある。そのほうの居合術よりわが手の大包丁がそなたの袴の紐を切る方が早いでな」

「お、おのれ」

過日会った折に琴瀬権八は小籐次の背後から居合を使い、反対に袴の紐を切られるという無様を演じていた。

「赤目どの、鼠小僧次郎吉とどこで最初に接したな」

と立ったままの小菅与力が問うた。

「琴瀬同心が今いる場所に腰を屈めて研ぎを頼んだのが最初じゃ。懇切なる挙動で名乗り、研ぎを頼んだので受けた、それだけのことだ。まあどこぞの火付盗賊改と大いに異なるな、見倣ったらどうじゃ」

「研ぎは刀か」

「刀といえば刀じゃな」

「刀なのか刀でないのか」

と琴瀬が未だ刀の柄に手をかけたまま質した。

「そのほうが手にしておるような大刀の研ぎをわしのような研ぎ屋爺に頼む者も、受ける研ぎ師もおるまいな」

「では刀ではないのか」

「早まるな、権八。刀というてもあれこれあろう。子次郎と申す客がわしに研ぎを頼んだのは、女物の懐刀(ふところがたな)であったわ」

懐刀の研ぎとは意外だったらしき小菅与力が、

「ほう、懐剣な」

と問い直し、

「懐剣の研ぎを頼んだのが鼠小僧次郎吉だな」

と琴瀬同心が念押しした。

「その折、子次郎と名乗ったというたぞ」

「赤目どの、その者が研ぎを頼んだのは女物の懐剣に間違いないか」

「ない」

「奴の持ち物では当然ないな」

「権八、研ぎ屋が客に一々そなたの持ち物ですかと尋ねると思うてか」

「尋ねなかったのだな」

小籐次はしばし間をおいた。

「いや、尋ねた」

「なぜふだんは尋ねぬのにその者にそのほうの持ち物かとわざわざ問われたな」

小菅与力が問うた。

「並みの懐刀ではなかったでな。あれは大名家か大身旗本の女衆の持ち物と思しき見事な逸品であった」

小籐次が遠くを見る眼差しで言った。

「で、相手はなんと答えたな」

「持ち主から研ぎを頼んでほしいと頼まれたそうな」

「そりゃ虚言じゃな。盗んだものとは考えられなかったか」

「そなたとは異なり、丁重な言葉遣いに落ち着いた挙動でな、とても盗んできた懐刀とは考えられなかったな」

「赤目小籐次、鼠小僧次郎吉はただの盗人ではないわ。そなたを騙すくらい容易いことよ」

「さようか、権八」

「そのほう、最前からそれがしの名を呼び捨てにしておるな」

「それはそのほうとて一緒、わが姓名を呼び捨てじゃのう、小役人」

「おのれ」

と立ち上がった琴瀬権八が、

「小菅様、こやつを火付盗賊改の白洲に引っ立てましょうぞ」

と上役に乞うた。

「琴瀬、そなた、赤目小籐次どのを甘く見るでない。見よ、芝口橋の上にこちらの問答に聞き耳を立てる者たちが大勢いるわ。あの者たちは」

という小菅の言葉を途中で遮ったのは、消えたはずの読売屋の空蔵だ。

「わっしらは酔いどれ小籐次様の信奉者でしてね、火付盗賊改など屁とも思ってないんでさ。なんならやってみますかえ、木っ端役人さんよ」

との空蔵の言葉に、

「おおー、見てみたいね。火付盗賊改と酔いどれ様の対決をよ、おれたちが出る幕なんぞあるめえよ、ほら蔵」

と職人風の男が掛け合った。

「そうだそうだ」

「やってみやがれ」

と勝手な声援が飛んだ。

「父上、なんぞございましたか」

と昼餉を食し終えた駿太郎が研ぎ場に戻ってきて尋ねた。

「ああー、駿太郎さんまで加わったよ。こりゃ勝ち目はねえよ」

小菅与力が苦笑いして、

「確かにわれらに勝ち目はないな」

と漏らし、立ち去ろうとしたが思い止まった。

「赤目どの、われらに付け加えることがござろうか」

「その手入れを頼まれた懐剣じゃがのう、わしが久慈屋さんの御用に同行して高尾山の薬王院に半月ほど逗留した折に研ぎをなした。菖蒲正宗と呼ばれる逸品に間違いなかった。この菖蒲正宗、真の持ち主の姫君の手に戻ったのを承知しておる」

「ほう、赤目どのは懐剣がどうして持ち主の姫に戻ったと分かりますな」

「お招きにより大身旗本九千何百石かのお屋敷に参り、当の姫君にお会いして、こちらも丁重にこの研ぎ屋爺に礼を申された」

「姫様と仲立ちをした子次郎とやらとの関わりをご存じか」

「いや、知らぬな」

　と虚言を弄した小籐次は、

「薫子様と申される姫君に会いたければ三河国の所領を訪ねていくしかないのう。その懐剣を護り刀にして旅立たれたことは、久慈屋の主以下奉公人が大勢見ておられるでな、承知のことよ」

「赤目様に子次郎と名乗った人物は、鼠小僧次郎吉ではないと言い切れるかな」

「小菅どの、それはそなたらが探索なさることよ。おお、ついでに申しておこうか。わしらが薬王院に逗留した半月もの間、この子次郎も研ぎの具合を見るために高尾山に滞在しておったわ。江戸に戻ったあとで知ったことだが、その間も江戸では鼠小僧次郎吉を名乗る者の所業が繰り返されていたそうじゃな」

小菅がしばし瞑目し、両眼を開けると、

「本日はこれにて失礼致そう」

と辞去の挨拶をして久慈屋の店先から立ち去った。琴瀬が小籐次をひと睨みして上役の与力を追った。

ふたりの火付盗賊改が姿を消したのを見て橋の上の弥次馬が、

「赤目様、火付盗賊改なんぞに負けるんじゃないぜ」

とか、

「あやつらをよ、御堀に叩き込んでさっぱりとしねえ」

と無責任なことを抜かして三々五々去っていった。

すると久慈屋の三和土廊下の奥から南町奉行所定廻り同心の近藤精兵衛と難波橋の秀次親分が姿を見せて、そのあとにお鈴が塩壺をかかえて現れ、二人が立っていた場所に塩を振りまいた。

「火付盗賊改は町奉行に協力する立場にあるというのに、あやつらの強引な探索でこちらにも迷惑がかかっておりましてね」

と秀次親分が吐き捨てた。

「町奉行所に妙な対抗心を感じており、強引な探索をやりますでな、秀次親分のいうとおりわれらも迷惑しております。お姫様の一族は三河国の所領に移られたんでしたよね。火付盗賊改といえども手に負えますまい」

近藤定廻り同心がどこから知ったか、そう言った。

「もはや元祖の鼠小僧との関わりを探るのは難しゅうございましょうな」

「難しいかもしれんな」

「なにしろお姫様と関わりを持とうとした、さる高家肝煎様は眼病を患い、嫡子どのに役職を譲って、隠居されましたからな。ひどい病とかで両眼は見えぬそうですぜ」

「ほう、気の毒なことよ」

「高家肝煎として朝廷と公儀の間を気ままに取り持った、賂がらみの楽しみを失い、隠居させられて嫡子に役職を譲らざるを得ない裏には、どなた様かの関わりがあるとの声が城中にしきりに流れているそうな。その大半はその高家肝煎様が隠居して、ほっと安堵しているとか。この界隈に赤目小籐次様の石碑が建つという話が真しやかに城中で話されているそうです」

「近藤どの、石碑なんぞ建てられる曰くをわしは思い当たりませんでな、そのような物が建っては、こちらで研ぎ仕事なんぞ、おちおちできませんぞ」

と小籐次が答えたところに駿太郎が、

「父上、私どもには、看板代わりの紙人形がすでにあります」

「おお、そうじゃ、研ぎ代四十文と二十文の研ぎ屋親子には、紙人形でも恐縮至極であるな」

と小籐次が頷くと空蔵が再び姿を見せた。

「そなた、研ぎ舟蛙丸の一件で急ぎ読売屋へ戻ったのではなかったか」

と小籐次が質した。

「おうさ、帰ろうとした折にあの二人組を見たんでな、こりゃ赤目様がらみなら、ひと悶着あるなと戻ってきたのさ」

と答えた空蔵が、

「姫君がらみの懐剣話、ありゃなんだえ」

と小籐次と火付盗賊改との問答を盗み聞きしていたか、尋ねた。

「聞いておったか。あれはすでに終わった騒ぎよ。そなた、今さら首を突っ込まないほうが利口じゃな。火付盗賊改どころか、さらにうえのほうからそなたの読売屋に探索が入ってな、商い停止になりかねぬぞ」

「やっぱり高尾山薬王院行はひと騒ぎあったんだな。この空蔵に一枚かませてくれないか」

と空蔵が小籐次に執拗に願うところに近藤同心が、

「ほら蔵さんよ、あの一件はもはや闇に消えた話だ。ほじくり出そうとすると、赤目様の申されるとおり火傷を負うのは間違いない」

「なんだよ、商い停止だの火傷だの、話を聞かせてこの空蔵に判断させねえな」

「止めておいたほうがいい。おめえさんはよ、世間が和むように話をしっかりと書くのが当面の仕事だな」

「ちえっ、もう一つ大ネタが欲しいのだがな」

と空蔵が必死で食らいついた。

「ああ、お鈴さんがまた塩壺もって姿を見せましたよ」

と駿太郎が叫び、

「な、なんだって、おりゃ火付盗賊改の手先じゃないぞ。や、止めてくんな」

というところにお鈴が、

「ああ、この辺りからなにか臭うわね、最前より強く漂っているわ。よし、盛大にまくわよ、駿太郎さん」

と塩を撒く真似をして、

「く、くそっ」

と空蔵が言い、

「酔いどれ様よ、川向こうの話でよ、美しい話を読売に仕立てるからよ、そのあとに姫君様の話に一枚かませてくれよな」

と言い残して久慈屋の前から駆け出していった。

「お鈴さん、お芝居上手ですね」

と駿太郎に褒められたお鈴が、

「だれが本物の悪かとか、このお方はからかう程度でいいとか、江戸のやり方が少し分かってきたの」

と胸を張った。

三

小籐次は国三と駿太郎が紙で造った鼠を研ぎ場の傍らに置いた。むろん子次郎に連絡をつけたいためだ。

昼下がり、小籐次と駿太郎は目いっぱい仕事をした。

七つ過ぎお夕が金春屋敷近くの工房の仕事をひと足先に終えて久慈屋に立ち寄った。新兵衛長屋に戻り、新兵衛の世話をするために仕事を早く切り上げたのだろう。

「お夕姉ちゃん、新しいお客さんは来た」

と駿太郎が開店したばかりの工房の客の到来を気にして、研ぎ場の前にしゃがんだお夕に聞いた。

「お父つぁんの錺が好きなお客様がおひとり、昔たちばな屋時代に造った煙草入れの手入れに立ち寄られたわ。隠居所を造られるんですって。その隠居所の蝶(ちょう)番(つがい)や釘隠(くぎかくし)など錺金具一切をお父つぁんに任せたいから見にきてくれないかと頼まれたわ」

「それは豪奢な注文ではないか。やはり桂三郎さんの仕事は知る人ぞ知るじゃな」

と駿太郎の代わりに小籐次が返事をして、

「隠居所はどこに建っておるな」

「なんでも福岡藩黒田様の中屋敷の北側に接した赤坂田町だそうです。その人は古くからの地主さんで仕立職だそうです」

「あの界隈は代々の職人衆が住んでおられるのではないか」

との小籐次の言葉をうけて観右衛門が、

「あの界隈の仕立職となれば信濃屋平左衛門様でしょう。五代目が隠居して六代目が後を継がれると聞いたことがございます。城中で着る直垂など礼服専門の仕立屋ですぞ。さすがは目の付け所が違いますな。うん、信濃屋の注文を果たせば桂三郎さんが仕事に困ることはありますまい」

と笑みの顔で首肯した。

「さようか、直垂烏帽子はわれら研ぎ屋親子はまるで関わりないでな、さような職があることすら知らなかった。まずはひと安心かな」

と小籐次がお夕にいうと、お夕が立ち上がりながら小籐次に結び文をそっと差し出した。

「このお方が工房に参られて、これを赤目様に渡してくれませんか、と頼んでいかれました」

と小声で言った。

「おや、あやつ、こちらに目をつけて文遣いをさせたか」

と小籐次が潜み声で応じ、素早くお夕の手から結び文を受け取った。

「赤目様、駿太郎さん、長屋に戻ります」

と言い残したお夕が芝口橋を渡って新兵衛長屋に向かった。

「駿太郎、厠(かわや)を借りてくる」

と小籐次は三和土廊下へ立った。そんな小籐次の様子を観右衛門が興味津々に見ていた。だが、隣に座す八代目の昌右衛門にも声をかけなかった。

厠から戻ってきた小籐次が帳場格子の框の前に立ち、

「桂三郎さんは思ったよりも早く忙しくなりそうですな」

と言った。

「隠居された信濃屋の先代にご指名をいただくとは先行き万々歳ですぞ」

観右衛門の言葉に頷いた小籐次が、

「われらもよい話を聞いたところで仕事仕舞いに致しますかな」

「ならば猪牙をお返しになりましたが、新しい研ぎ舟が参るまでうちの舟を使っていなされ」

「大番頭さん、相すまぬ。やはりあと二日ほどお借りしよう」

と小籐次が素直に受けた。

「うちの仕事が終わったところで、赤目小籐次様の多忙は終わったわけではなさそうな」

と観右衛門が穿鑿（せんさく）したが、小籐次はなにも答えなかった。

そんな模様を駿太郎と国三が察して、

「駿太郎さん、道具はうちに置いていったほうがよさそうですね」

「はい。お願いします」

とこちらはこちらで長年の付き合い、手配をさっさと進めた。

この日、赤目親子が久慈屋の船着場を出たのは七つ半（午後五時）の刻限だった。

「父上、三十間堀に入れてよいですか」

と駿太郎が聞いた。

「そうしてもらおうか。アサリ河岸の桃井道場にたれぞおるかのう」

と小籐次が言った。

こういうときは立ち寄れとの合図だと駿太郎は、

「年少組のだれかはおりましょう」

と応じてアサリ河岸の船着場に猪牙舟をつけた。

「あれ、駿ちゃん、夕稽古に来たのか」

と岩代祥次郎が河岸道から声をかけてきた。

「なんとなく立ち寄ったんです。どなたか道場におられますか」

「うん、昨日、三河町新道の質屋に鼠小僧一味が押し込んで番頭と主の二人を殺して何百両も盗んでいったんだ。兄者(あにじゃ)たちはそちらにかかり切りでだれも道場にはいないよ」

「えっ、鼠小僧が新たにそんな所業をなしたのですか」

ああ、と応じた祥次郎が、

「そうだ、高尾山であった粋な町人がいたよな、あの者が桃井先生と話しておるぞ」

と言った。

祥次郎の言葉に駿太郎が、

「父上、私は祥次郎さんと話しています」

「そうしてくれるか」

と小籐次が願った。

駿太郎は、お夕が小籐次に渡した結び文が子次郎からのものと察していた。そして子次郎は小篠次と桃井道場で会う気でいるのだ。つまり火付盗賊改の眼をさけて久慈屋でもなく望外川荘でもなくアサリ河岸の桃井道場を面談場所に指定したらしい。

「駿ちゃんさ、高尾山にいた人は鼠小僧次郎吉なんて人じゃないよな」

「私もよく知りませんが、私たちと一緒に高尾山に居たんですよね。その間にも江戸では鼠小僧と称する連中が悪さを働いたんでしょ。ならば違うと思いませんか」

「だよな」

祥次郎が疑いの眼ながら言った。

(手下に命ずることが出来るだろう)

と考えている気配だった。

「あのお方、独りで何事もする人と思いませんか」

「そうか、そんな感じだったよな。だって、駿ちゃんの親父様、赤目小籐次が付き合いしている人だもんな。鼠小僧ってことはないよな」

と祥次郎が自分に言い聞かせるように呟いた。

桃井道場のなかでは見所の桃井春蔵と子次郎が雑談をしていた。

「お呼びにより参りました」

と子次郎が小籐次の気配を感じて振り向き、言った。すると桃井春蔵がわしの役目は済んだとばかり見所から立ち上がって離れようとした。

「桃井先生、いっしょに話を聞いてくれませぬか」

と小籐次が願った。

「それとも面倒に巻き込まれるのは御免でございますかな」

「面倒かどうかは知らぬが赤目小籐次どのの絡んだことが悪しきこととは思えぬ。わしがこの場にいてよいのなら、話を聞かせてもらおう」

頷き返した小籐次が子次郎に、いいな、と念押しした。

「御随意に、わっしの用事ではございませんでな」

「子次郎どの、見当がつかぬか」

「このところばたばたしていまして確かな推量は付きませぬ」

「話は曖昧じゃ。火付盗賊改の与力小菅文之丞なる者と同心の琴瀬権八が久慈屋に参ってな、わしと鼠小僧次郎吉が関わりあることを摑んでおる、というのだ。その関わりを話せと言いおったのだ」

「まあ、そんなことかと思うてはおりましたがな。同心の琴瀬はいささか嫌な野郎でございますね」

「会ったことがあるか」

「わっしの知り合いが見境なく火付盗賊改方の白洲に突き出されて拷責(ごうせき)まで受けておりますでな。ですが、わっしとは面識はございません、避けておりますでな。

そんなわけで赤目様に目をつけたんでございましょう」

「どうやらそのようだな。そなたの出自を子細に承知しているとは思えなかった。ともかくこの一件をそなたに告げておこうと思ってな」

「赤目様、ありがとうございます」

「昨晩も三河町新道の質屋に押し入り、二人を殺して何百両もの大金を奪っていったようだな」

「へえ、鼠小僧次郎吉参上と書き残してあったそうですが、だれの仕業(しわざ)か分かったもんじゃございませんや」

と子次郎が言い切った。

桃井春蔵は二人の問答に一切口を挟まなかった。

「用心に越したことはないゆえ、念のためにそなたに伝えた」

「有り難うございます」

と礼を述べた子次郎が立ち上がった。

「その辺まで送っていこう。駿太郎が猪牙で待っておる」

と言った小籐次が、

「そなたの結び文返しておこう」

と子次郎に差し出した。

一瞬訝しく思った風の子次郎がそれでも黙って受け取り、懐に仕舞った。

河岸道と猪牙舟で祥次郎と駿太郎が他愛もない話をしていた。

「日本橋川辺りで下ろしていいか」

「へえ、出来ることならば小網河岸で下ろしてくれませんか」

と子次郎が答えた。

「駿太郎、ひとり小網河岸で下ろしてくれぬか」

と命じた。

「はい」

と返事をした駿太郎に、

「駿太郎さんさ、明日の朝稽古で会おうね」

祥次郎が河岸道から叫んで、駿太郎は猪牙舟にふたりを乗せて竹竿で船着場からまず離し、

「祥次郎さん、朝稽古でね」

と別れの挨拶をした。

祥次郎の他にもうひとり、猪牙舟を見つめていた者が、楓川に舳先を入れた舟を追って河岸道へと走っていった。

「駿太郎さんはまた大きくなりませんかえ」

と子次郎が尋ねた。

首を傾げる駿太郎に代わり、

「その分、老父は段々と縮んでいくわ」

と小籐次が憮然とした顔で答えていた。

「ふっふっふふ」

と笑い声を上げたのは子次郎だ。

「赤目様、それは致し方なき人間の理ですぜ。駿太郎さんがしっかりとした考えと体を持っておられて、親父様の縮んだ分を手助けしてくれますって」

うーむ、と小籐次が唸った。

「天下の赤目小籐次様も老いていくのは、腹立たしゅうございますか」

「老いては子に従うのは致し方ないのう」

「でしょう。それに駿太郎さんはただの十三歳ではございませんや。ひょっとしたら赤目小籐次様二代目を担うかもしれませんぞ。酔いどれ小籐次様はおりょう様とのんびり余生を過ごしなされ」

と元祖鼠小僧が言った。

駿太郎の漕ぐ猪牙舟は、楓川の北側に架かる海賊橋に差し掛かっていた。正面の日本橋川の向こうに小網河岸が望めた。すると本材木町の河岸道を人混みに交じって走るひとりの男がいた。

子次郎が見て、

「ほうほう、あやつの狙いは赤目様ですか、わっしですかね」

と独り言を漏らした。

「火付盗賊改の密偵かのう」

「まあ、その辺りの見当でございましょうね、駿太郎さんの猪牙舟に乗せて頂いて、あやつを撒くことができそうだ」

小籐次と子次郎の問答を聞きながら駿太郎の櫓がしなやかに動いて舟足が上が

った。日本橋川に出て横目に江戸橋を見ながら駿太郎が小網河岸に猪牙舟をつけたとき、男は海賊橋を渡り、鎧ノ渡し場に駆け込んでいこうとして駿太郎たちの視界から消えた。

次に男が背高のっぽの若侍が漕ぐ猪牙舟を見たのは、鎧ノ渡し場からだ。

そのときはすでに子次郎の姿はなく、親子ふたりが長閑に日本橋川を下っていた。

駿太郎には男の舌打ちが聞こえたような気がした。猪牙舟は霊岸島新堀には向かわず、日本橋川左岸に架かる崩橋を潜って大川への近道を進んでいた。

「駿太郎、そなたの隠し部屋に人ひとり同居させてくれぬか」

「子次郎さんですね」

「おお、このご時世だ。二、三日内に町奉行所や火付盗賊改を走り廻らせる押込み強盗騒ぎがおころう。その間、子次郎をそなたの隠し部屋に泊めておこうと思うてな」

「望外川荘のなかで一番広い板敷きです。音さえ響かなければ道場として使えるのですけど、母上に叱られますから寝るだけにしています。子次郎さんひとりくらいなんでもありません」

と言った駿太郎が、

「桃井道場でそう伝えましたか」

「いや、結び文を渡してある。あやつならば、駿太郎が知らぬ間に隠し部屋に入り込んでいよう」

「ならば布団だけひと組敷いておきます」

と言いながら、

(そうだ、年少組の面々を一泊どまりで誘えないかな)

と考えた。そのことを小籐次に伝えると、

「それは構わんが子次郎がうちにいるうちはダメだぞ。町奉行所の与力・同心の子弟と元祖鼠小僧をいっしょの屋根の下に泊まらせるわけにはいくまいでな」

「子次郎さんは押込強盗はしてないのですよね」

「うーん、わしとて子次郎のすべてを承知しているとは言えんでな、駿太郎の問いには容易く是とも否とも応じられぬな」

と答えながら小籐次も駿太郎も外道働き(げどう)が流行る(はや)ただ今、元祖の鼠小僧が加わっているとは考えられなかった。ゆえに子次郎に望外川荘を隠れ家にと申し出たのだ。

「新しい研ぎ舟がうちにきたのち、お鈴とお夕が一夜泊まりの折に祥次郎らを誘ったらどうだ」

「おお、七人もうちに泊まりますか。いや、祥次郎さんたちは隠し部屋でいいな、あそこなら十数人は泊まれます。賑（にぎ）やかになるぞ」

「駿太郎、それもこれもおりょうの了解を得るのが先じゃぞ」

「はい」

と返事をした駿太郎が背後に嫌な感じを察して後ろを振り返ると二丁櫓が必死で追いかけてきた。

火付盗賊改の密偵が乗る二丁櫓だ。どうやら密偵は鎧ノ渡しで猪牙舟を雇ったらしい。

「父上」

と後ろから前に視線を戻したとき、小籐次はすでに気付いていた。

「止まれ、止まりねえな」

と船頭のひとりが叫んで、舟足を緩めた久慈屋の舟に横づけになった途端、

「ありゃ、酔いどれ小籐次様と駿太郎さんじゃないか」

と困った顔をした。

「旦那、怪しいお方じゃございませんぜ。赤目様親子ですよ」

と言いかける船頭を無視した客が駿太郎の漕ぐ舟の胴ノ間を見た。

「なんぞわしに用か」

「この舟に乗っていた男はどうした」

「うーむ、わしら親子の他にはだれも乗っておらぬがのう」

「いや、乗っていた」

「そなた、眼が悪くはないか。猪牙舟のどこへ隠れ潜むというのだ」

「船頭、もそっと近づけよ」

と密偵が命じた。

「そなた、何者だ」

「火付盗賊改方だ」

「評判がひどく悪い小役人の手先か」

なにっ、と懐に手を入れた。

「そのほう、泳ぎは出来るか」

「鬼怒川育ちだ、どんな暴れ川でも泳いでみせる」

「ならば、舟賃をこの場で払え」

「なにっ、なんのためにさような真似をせねばならぬ」

と言いながら密偵が二丁櫓から駿太郎の漕ぐ猪牙舟に飛び乗ってこようとした。

その瞬間、櫓の傍らに引き寄せていた竹竿を駿太郎が摑み、横殴りに顔面を殴りつけた。

手加減した対応だが密偵は二丁櫓の縁(へり)を飛び越えて大川の流れに落ちた。

「おお、そなたら、舟賃をとりはぐれたな」

「酔いどれ様よ、乗込んできたときから、お上の御用と威張りくさって、わっしらをせっついたんだ。こやつ、火付盗賊改の手先かえ」

「大方、野州辺りの在所育ちであろう」

と見ると水中であっぷあっぷしていた。

「どんな暴れ川でも泳げるんじゃなかったのか。相棒、どうするよ」

と二丁櫓の船頭がもうひとりに尋ねた。

「しばらく見ていねえか。溺れそうな折に竿を差し出して摑まらせてよ、舟賃をまず頂戴しようじゃないか。それからだな、あやつをうちの舟に引き上げるのは」

と船頭ふたりで相談がなり、

「赤目様よ、迷惑かけたな。江戸の船頭を舐め腐った在所者の扱いはわっしら慣れていまさあ」

とひとりが応じて、

「ならばあの者の始末は任せよう」

と駿太郎に望外川荘へ向かうよう命じた。

四

湧水池への水路の途上の岸辺にクロスケとシロが走り廻り、吠えたてて、いつものように賑やかに親子舟を出迎えたために望外川荘の船着場におりょうの姿も見えた。

「やはり久慈屋の舟を当座お借りしましたか」

「新しい研ぎ舟が出来るまで使ってよいとのことでな、お借りしてきた。久慈屋では造船場の蛙の親方の漢気を素直に受け入れなされと申すのだ。まあ、明後日、うちに舟が届けられる折までなんぞ知恵があるかなしか、答えは留めておこうと思う」

「まあ、それが宜しゅうございます」

というところに猪牙舟を駿太郎が船着き場につけると二匹の犬が飛び込んできて、ひと暴れした。

「母上、よそ様には内緒ですが、おひとり泊まり客があるかもしれません」

「おや、どなた様」

駿太郎が小籐次を見た。

「わしが子次郎を誘ったのだ。来るか来ないかはあの盗人様次第じゃな」

「母上、寝所はわが隠し部屋です。ひと組夜具を用意してください」

「なにやら事情がありそうですね」

「そうなのだ。火付盗賊改が子次郎とわしとの関わりに関心を持っておる。そこでな、数日うちに潜（ひそ）んでおれば、偽物の鼠小僧次郎吉なる一統が暗躍しよう。となれば、子次郎が押込み強盗に関わりないということを、分かってくれるのではないかと思ってな、誘ったのだ」

「おまえ様のように善意で物事を考える人ばかりではございますまい。火付盗賊改は、他人様の申す事など聞かぬそうな」

おりょうが小籐次の善意が通じるかどうか案じた。

「その折はその折で思案しようではないか。ともかく夜具の仕度だけしておいてくれぬか。あやつのことだ、夕餉などどこぞで食してこよう」

と小籐次が願い、言った。

親子が湯から上がると、夕餉は久しぶりに台所の囲炉裏端に用意されていた。お梅にも子次郎の一件を告げて、他所には決して話さぬように願った。

「兵吉従兄さんにもですね」

「兵吉さんがどうかしたか」

「今日も顔出しして、新しい研ぎ舟はどうなったかと、まるで自分の舟のように聞き質していきました」

「まあ、兵吉さんは身内のような者じゃが、なにしろ相手が相手、火付盗賊改ゆえ気をつけたほうがよかろう」

小籐次が答えてお梅が承知した。

「兵吉さん、ほんとうに舟が好きなんですね」

と駿太郎が言い、

「舟もそうだけどお客さんと話すのが好きなんだと思うわ」

「ああ、そうかもしれませんね。町中よりも水のうえのほうが広々として気持ちいいし、人間素直な気持ちになりますからね」

「そういうことよ」

　とお梅が頷いた。


　翌朝、駿太郎から三間ほど離して敷いた夜具の上に子次郎が気持ちよく寝ていた。さすがの子次郎も火付盗賊改に追い回されて疲れているのか、熟睡していた。

　駿太郎はそっと隠し階段をおりながら、

（子次郎さん、どこから隠し部屋に入ってきたのだろう）

　と思った。

　だが、元祖の鼠小僧ならば望外川荘くらい忍び込むのは容易いだろうと思い返して、どきっとした。なんと駿太郎は子次郎の侵入に全く気付いていなかったからだ。

（さすがだな）

　と感心しながら囲炉裏端に行くとお梅が朝餉の仕度をしていた。

「子次郎さん、とうとうこなかったわね」

　朝稽古の仕度をする駿太郎にいい、駿太郎は木刀の先で隠し部屋を差した。

「えっ、来ているの」

「恥ずかしながら私も気付きませんでした」

と言った駿太郎は孫六兼元を腰に差し、木刀を手に庭の稽古場に向かった。一刻ほどの稽古が終わって囲炉裏端に戻ると、

「よう、寝ておるようじゃな」

「父上は承知でしたか」

「おお、八つ半（午前三時）過ぎかのう」

「裏戸を開けたのですか、旦那様」

とお梅が問うた。

「盗人に戸を開ける要はあるまい。勝手に入りよるわ」

「父上、私、まったく気づきませんでした。武士として覚悟が足りません」

「まあ、互いに承知しておる間柄、そして、訪ねてくることをわれらは承知していたのだ。そんな気持ちを承知で風の如くに駿太郎の隠し部屋に入り込んだのであろうよ」

「おまえ様、朝餉はどうしましょう」

「起きてくるまで寝かせておけ」

とおりょうの問いに小籐次が答えた。

この日、いつものように小籐次と駿太郎は猪牙舟を使い、大川を下って日本橋川から楓川、八丁堀と進み、アサリ河岸の船着場で駿太郎が下りて櫓を小籐次が交替した。久慈屋に先行するためだ。

「おお、駿太郎さん、来たな」

と岩代祥次郎が河岸道に立って駿太郎を迎えた。

「祥次郎さんが一番先ですか」

「それがな、仲間の四人はすでに来ておるようだ。兄者は例の押込強盗の一件で奉行所に詰めておるで、気が楽なんだよ」

と正直な気持ちを告げた祥次郎に、

「ということは私が最後だ」

「だって駿太郎さんは望外川荘で稽古をしてきたんだろ。駿ちゃんはおれとさ、同じ歳だけど別格だものな。おれ、一度くらい望外川荘で独り稽古をする駿太郎さんを見てみたいよ」

ちらりと考えた駿太郎が、

「父上と母上に許しを得たら、年少組の全員で望外川荘を訪ねてきますか」

「えっ、そんなことありか。まるでまた高尾山の旅に行くようだな、おれ、泊りだっていい。いつだ、駿ちゃんさ」

と祥次郎が催促した。

「まず父上と母上のお許しが先です。私の思い付きですから祥次郎さんしばらく胸に仕舞っておいてください」

「おお、合点承知の助って町人ならさ、こんな場合応じるんだよな」

祥次郎は胸を叩いたが駿太郎は、なんとなく今日にも道場じゅうに広まっている感じがした。

ふたりして急いで稽古着に替えて道場に入ると、年少組は別にして門弟衆の数がいつもより少なかった。やはり押込強盗の一件で、町奉行所では緊急体制を敷いているせいだろう。

「おい、遅いぞ」

と年少組の頭分の森尾繁次郎（もりおしげじろう）がふたりに言った。

「繁次郎さんよ、駿太郎さんは望外川荘で独り稽古をしてきたんだ。稽古に遅れたとはいえまいな」

と祥次郎が繁次郎に言い訳した。

「だれが駿太郎のことを言ったよ。祥次郎、おまえのことだ」

「えっ、おれだけが遅刻したというのか」

「兄者の岩代壮吾様も奉行所に詰めていて、稽古にはこないよな。気を抜いてないか」

「それは繁次郎さんだって、他の仲間だって同じだろうが」

「まあな、鼠小僧次郎吉が何人いるんだか、ひと晩に二組も押込強盗に入られてお店の人間が殺されてさ、大金を盗んでいくんだろ。うちの親父たちもぴりぴりしているものな」

と繁次郎が言った。

「なにしろの火盗改の連中はさ、頭領だかに町奉行所の連中に後れをとるなと厳しく命じられていてよ、あやつらがのさばってやがるからな。うちとしても頑張らざるをえないよな」

と清水由之助（しみずゆのすけ）が火付盗賊改を火盗改と呼んで応じた。駿太郎は火付盗賊改が火盗改とも呼ばれることを初めて知った。

「駿ちゃんちはこんな話に関わりないよな」

と園村嘉一が駿太郎に質した。

「はい、うちは研ぎ屋が本業ですから皆さんのうちのように夜通し町奉行所に詰めることはありません」

「気楽だよな、望外川荘はさ」

と嘉一が言った。

なんとなく道場の門弟が少ないので桃井道場に高尾山の旅の前のような、だらけた空気が漂っていた。

「繁次郎さん、稽古を始めましょう。次に岩代壮吾さんがきたときに驚くような猛稽古をしますよ」

「えっ、駿太郎が壮吾さんの代わりを務めるのか。よし、年少組、今朝はなんとしても駿太郎師範から一本とるぞ」

繁次郎が言い、一対五人の稽古の態勢に入った。

年少組が代わる代わる駿太郎に打ち込んでともかく駿太郎を疲れさせようという作戦だ。だが、四半刻（三十分）もしないうちに年少組の面々五人が転がって弾む息をしていた。

「ご一統、まだ休むには早いですよ」

駿太郎が五人の仲間に言った。

「駿ちゃんは望外川荘で独り稽古してきたんだろ。同じ歳といっても年季が違うよな。第一師匠が天下の赤目小籐次様だぜ」

と吉三郎が漏らした。

「それだ」

と祥次郎が叫んだ。

「おれたちもさ、泊りがけにて望外川荘で朝稽古から夕稽古まで一日じゅうすればさ、力がつかないか」

「祥次郎、勝手なことをいうな。望外川荘は町奉行所のものではない、赤目小籐次様とおりょう様の持ち物だ」

清水由之助が一歳年上の貫禄で言った。

「そ、それが」

と言いかけた祥次郎が駿太郎の顔を見て、慌てて、

「だったらいいな、おれたち、駿太郎さんの独り稽古を見れば少しでも近づくな、と思ったんだよ」

と言い訳した。

「そうか、それは悪くない考えだぞ」

と十三歳組の吉三郎が言った。

「高尾山への旅さ、今考えたら楽しかったよな、そう思わないか」

と嘉一が応じた。

「悪くない考えだろ」

「皆さん、私は望外川荘の子どもです、すべて決めるのは父上と母上です。それを忘れないでください」

「赤目家の事情も考えずに勝手なことを言うでない」

と年少組の頭の森尾繁次郎が注意し、

「さあ、稽古を再開しますよ。立ち上がってください、まず祥次郎さん」

「兄者がいないと思ったら駿太郎さんが鬼になっちまったよ」

とぼやきながらのろのろと立ち上がった。

なんとか五人を騙しだまし、稽古を続けた。三回目が終わった頃合い、ふらりと岩代壮吾が桃井道場に姿を見せた。

「あ、兄者、まさか稽古に来たんじゃないよな。おれたち、駿太郎さん相手に互角の稽古をし終えたばかりだからさ、もはや力なんて指先ほども残ってないぞ」

と祥次郎が機先を制して言った。

「祥次郎、なにが互角の稽古か、駿太郎は三割と力を出しておるまい。それを五人がかりであの様か」

「なに、兄者、おれたちの稽古を見ておったか」

「おお、五人のなかでも祥次郎が一番ひどいな。よし」

と壮吾がなにか言いかけるのを、

「おい、兄者、止めてくれ。稽古したいならば駿太郎さんとやればいい」

と尻込みした。

「馬鹿ものが。ただ今町奉行所の与力同心の家の者でのんびりと稽古をしているのは年少組のおまえたちだけだ」

うむ、と言った祥次郎らが道場内を見回し、

「ほんとだ。おれたちだけだぞ。いついなくなったんだ」

と由之助が言った。今日にかぎって町奉行所に関わりのある門弟はだれひとりいなかった。

「今から四半刻前、南北奉行所の与力同心はみな数寄屋橋と呉服橋の役所に呼ばれた」

と壮吾が言った。そして駿太郎に、

「酔いどれ様はただ今どちらにおられるな」

と質した。

「久慈屋の研ぎ場で仕事をしています」

「駿太郎、そなたとの稽古はしばらくお預けだ。そなたも久慈屋に参るのであろう。一緒にいかぬか」

と誘われた。

はい、と返事をした駿太郎は壮吾の一段と険しい表情からなにか格別な騒ぎが起こったことが分かった。直ちに稽古着を普段着に着換え、道場の門前で待つ壮吾と一緒になった。

「また鼠小僧が出ましたか」

「富沢町の古着屋に押し入り、主人夫婦を刺殺して金子を盗んでいきおった。通いの奉公人によると隠し金が六、七百両はあったはずと言っておる」

「大きな古着屋なんですか」

「いや、主人夫婦と通いの奉公人の三人だけの小さな古着屋だがな、裏で金貸しをしているのは富沢町の仲間ならだれもが承知だそうだ」

「いつ、分かったんです」

「奉公人が五つ半（午前九時）に店に来て分かったんだ。襖に、『鼠小僧次郎吉参上』と墨書してあったのだ」

「その鼠小僧はひとりですか、それとも何人かの仕業でしょうか」

「駿太郎はあやつの仕業と案じておるか」

と壮吾が高尾山で会った子次郎を気にかけた。

「その一件は父が話しましょう」

壮吾が駿太郎を見て、それ以上口を開く心算はないと見たか首肯した。

久慈屋では小籐次がせっせと働いていた。

人の気配に小籐次が手を休めて顔を上げた。

「なに、岩代どのを伴ってきたか」

「ちと相談したき儀がございまして」

「富沢町の古着屋と金貸しをやる夫婦が殺されて隠し金が盗まれた一件か」

と小籐次が先手をとって壮吾に質した。

「どうしてそれを。ああ、読売屋の空蔵が知らせましたか」

「そなたら、読売屋に先を越されるような仕事をなしておるか」

「いえ、それはございません」

と壮吾が答えて首を捻り、

「店先で話すことではなかろう」

と小籐次が研ぎを止めて後ろを振り返った。

観右衛門が店座敷を使えという風に頷いた。

「駿太郎、研ぎかけの包丁のあと始末を願おう」

と言い残して壮吾と店座敷に消えた。

「駿太郎さん、相変わらず赤目様は忙しゅうございますな。千客万来です」

「お客様ですか」

と研ぎを為す包丁を見た。

裏長屋のおかみさんが使う出刃ではなく、柳刃包丁だった。この界隈の小料理屋の料理人の依頼だろうと思った。だが、それ以外の注文があるようには思えなかった。

「いえ、そちらのお客ではなくて、火付盗賊改方が昨日に続いて先ほども赤目様に会いにみえました」

「ああ、それで父上は富沢町の一件を承知なのですね」

「小菅与力と琴瀬権八とか申す同心がしつこくだれぞの動静を問いただしておられました。ですが、赤目様がぬらりくらりと応対されて、反対に問いただしたためにあの話を知っておられるのです」

と観右衛門が言った。

店座敷では岩代壮吾が富沢町の一件を繰り返して小籐次に聞かせた。

「で、わしに子次郎の動静を質しに参ったか」

「いえ、そういうわけでは決してございません。赤目様に話を聞いてもらい、探索のきっかけをと思っただけです」

と壮吾が言い訳した。

「わしはいつもいうように一介の研ぎ屋爺じゃぞ。そなたが知りたい知恵など持ち合わせておるものか」

と応じた小籐次が、

「わしのほうにそなたに言うておくことがあった」

「なんでございましょう」

「火付盗賊改与力小菅文之丞と同心の琴瀬権八がそれがしと子次郎どのとの関わ

りに感づいたと見えて、昨日今日と姿を見せおった」

「なんですと」

と岩代壮吾が驚きというか、不安の顔で小籐次を見た。

「致し方あるまい。同じ時期高尾山薬王院に参ったのは事実じゃからのう。そのうち、桃井道場の大人の門弟、つまりそなたじゃな、年少組門弟がわしに同行していた曰くを火付盗賊改から問いただされるかもしれんぞ。その折の対処を考えておけ」

「ど、どうすればよろしいので」

しばし間を置いた小籐次が、

「子次郎など知らぬ存ぜぬ一辺倒でおし通せ、わしらは久慈屋の御用に同行しただけと答えるしかあるまい。事実そうじゃからな」

と言い切り、

「は、はい、そうでした」

と壮吾が答えた。

第三章 研ぎ舟蛙丸(かわずまる)

一

新しい研ぎ舟が望外川荘に到着する日がやってきた。船着き場には新しく切りだした斎竹(いみだけ)が立てられ御幣(ごへい)が風になびいていた。望外川荘に一番近い三囲稲荷(みめぐりいなり)社の宮司が祭事を行うことになっていた。

最初に望外川荘にやってきたのは兵吉の漕ぐ猪牙舟に乗った中之郷横川町の船宿いなき屋の親方だった。二匹の飼い犬の賑やかな歓迎に、

「ほうほう、こちらが望外川荘な」

と船着き場に猪牙舟をつけた兵吉に質した。

「親方、望外川荘は竹林やら雑木林の向こう側にあってなにもみえませんぜ」

と兵吉が応じるところに駿太郎が姿を見せて、

「ようお出で下さいました」

と迎えた。

「まだ蛙の親方は来ていませんか」

「はい、約定の時間にはいささか早うございます」

と駿太郎が答えたときに小籐次が現れた。

「いなき屋の親方、本日は世話になる」

「大変目出たい日でございますよ。天気も良し、どんな研ぎ舟がなっているかね、楽しみだ」

そのとき、隅田川につながる水路から派手な大漁旗を立てた舟が姿を見せた。

「父上、母上を呼んでまいります」

駿太郎が船着き場から竹林のなかの小道に走り出すとクロスケとシロが従っていった。

おりょうが宮司を従え、駿太郎に案内されて船着き場に戻ったとき、ちょうど新しい研ぎ舟が接岸した。

「まあ、なんとも気品のある美しい舟ですこと。これまで頑張ってきた小舟には悪うございますが、比べようもありませんね」

と感激の面持ちで大漁旗をなびかせた研ぎ舟を見廻した。

「駿太郎、思ったより大きな舟じゃぞ。人を乗せて自在に操れるか」

「父上、ご心配なく。父上や母上の他にお梅さんやお鈴さんを乗せても楽々隅田川を往来してみせます」

と言い切った。

「それは頼もしい言葉かな」

「酔いどれの旦那、老いては子に従えだ」

といなき屋の親方が応じた。

「いかにもさようじゃな」

三囲稲荷社の宮司が祝詞を上げて二代目の研ぎ舟の安全を祈願した。そこへ気配を感じた弘福寺の向田瑞願和尚が姿を見せて、宮司と顔を合わせると互いにそっぽを向き合い、宮司が、

「おりょう様、これにて新研ぎ舟の祈願は終えましたでな」

というとさっさと船着き場から立ち去りかけた。

「駿太郎、これを宮司様に」

奉書に包んだお礼を渡し、駿太郎が宮司のあとを追った。

「和尚、宮司とは肌合いが合わぬか」

「全くもって合わぬな。何年も口を利いたこともないわ。あやつの祝詞でこの二代目の研ぎ舟が赤目家に幸運をもたらすとも思えぬ、却って穢れたぞ。どうだ、愚僧が幸運招来のお経を上げてつかわそうか」

「ふむふむ、面倒な話じゃな。祝詞と経が蛙丸で喧嘩騒ぎを起こしても厄介じゃ、本日は遠慮しておこう」

駿太郎が戻ってきて、

「父上、母上、宮司さんが弘福寺の坊主、いえ、私がいったのではございません。宮司さんが和尚などに『下手な経を読ませるでないぞと伝えろ』と、いえこれも宮司さんが言ったことです」

「ううーん、くそ宮司め」

と瑞願が吐き捨てた。

「どちらもどちらの角突き合わせじゃのう」

と小籐次が笑い、

「どうだ、駿太郎、皆を乗せて池をひと巡りして宮司と和尚の悪しき因縁を忘れようか」

と言い出した。

「船宿のいなき屋の楊太郎親方と兵吉さん、蛙の亀作親方、お梅さんを入れてうちが四人です。十分乗れますね」

「ま、待て、駿太郎さんや。愚僧を忘れておらぬか」

「しまった、智永さんの親父様を勘定に加えていませんでした。やはりお乗りになりますか」

「あやつが祝詞を上げたところが気に入らぬが、あとで祝いの一杯をやるのであろう。乗せてもらおう」

「どうしたものか、おりょう」

と小籐次がおりょうに問うた。

「宮司様の膳が余ってございます」

「ならば、駿太郎、和尚を乗せてやれ」

と大漁旗をなびかせた二代目の研ぎ舟に全員がゆったりと乗った。

「兵吉さん、手本を見せてください」

と駿太郎が兵吉に願った。

「駿太郎さんに手本を見せるほどの腕じゃねえよ。本日はうちの親方に蛙の親方、そのうえ酔いどれ小籐次様とうるさ型が三人も乗っておられる。皆の前であれこれと注文つけられるのは敵わねえ。ここはやっぱり赤目小籐次様と言いたいがなにしろ年寄りだ。となると駿太郎さんが櫓を握るのが無難だな」

と兵吉が遠慮していった。

「兵吉、赤目様はただの年寄りじゃねえや、天下一の年寄りだぞ。まあ、ここは倅の駿太郎さんの出番だな」

と船宿の主がいい、駿太郎が艫に立ち、櫓を握った。舳先に立った兵吉が舫い綱を解こうとするとクロスケとシロが飛び乗ってきた。

「なんだ、おまえたちも新しい舟に乗りたいか」

と小籐次が許し、兵吉が船着き場の縁を押して舳先を湧水池の中央に向けた。

駿太郎が七人と二匹の犬を乗せた二代目研ぎ舟をゆったりと漕ぎ出した。

「あれ、乗り心地がようございます」

とおりょうが喜色を見せて言った。

「で、ございましょう。わっしが二度も手をかけた舟ですよ。平底舟より早く、猪牙舟より安定した乗り心地ですよ」

と蛙の親方がさもあらんという表情で答えた。

「研ぎ舟には勿体ないな」

「いえ、赤目様、こいつはね、研ぎ舟というより天下一の武人の持ち舟でございますよ。これくらいの貫禄がなければなりませんて」

と楊太郎親方が答え、

「親方よ、舳先が水をかき分ける様がよ、なんとも格好いいぜ。おりゃ、気に入った、この舟がよ。どうだ、蛙の親方、うちにもこれと同じ舟を納めてくれないか」

「兵吉、いなき屋の主はこの楊太郎だぞ。おまえ、勝手に注文してどうする気だ」

「だからさ、おれの猪牙に使う」

「十年どころか二、三十年早いや」

と主の楊太郎親方にあっさりと兵吉の注文は退けられた。

駿太郎はなびく大漁旗を後ろに櫓を悠然と漕いでいた。

「おい、兵吉、おめえより駿太郎さんの櫓さばきが格段上手だぞ」

「親方、知らないのか。赤目小籐次様は来島水軍流って武術の達人だってことをよ、水軍というくらいだ、船戦で櫓の扱いも心得ておられるんだ」

「おめえに言われなくても承知だよ」

「その来島水軍の竿さばきや櫓さばきがあるのを承知か、うちの親方よ」

「おお、聞いた聞いた。蛙の親方の造船場におれが赤目様親子を案内したときな。まあ、かような湧水池や大川なんぞは屁でもあるめえ」

と楊太郎が応じた。

「どうだ、これだけの人数を乗せて重くはないか」

「父上、ひと漕ぎするとすいっと滑らかに進むんです。この舟で江戸の内海や荒川の上流まで遠出したい気分です」

駿太郎の返答が分かったようにクロスケとシロが嬉しそうに吠えた。犬たちもこの新造舟同様の二代目研ぎ舟行を気持ちよさそうに楽しんでいた。

「そうじゃな、この舟に慣れた折に荒川の上流への遠出を試みるか」

と言った小籐次が蛙の親方に、

「親方どの、われら親子には勿体なき研ぎ舟、有難うござる」

と改めて礼を述べた。

「これだけ喜んでもらえると、この舟も大満足していますぜ。なにしろ最初の舟主に逃げられちまった曰くつきの舟でございますからね」

「いや、注文を受けて作った親方にも、ましてやこの舟にもなんの咎もないわ。われら親子のためにこの舟が二年の間待っていてくれたと思うと、われらもなんと申してよいか分からぬほど、嬉しいぞ」

「父上、久慈屋さんを始め、得意先にこの二代目の研ぎ舟を止めたら、皆さんびっくりしますよ」

「ああ、間違いないわ」

と言った小籐次が、

(子次郎を乗せられたら喜んだろうにな)

と思った。

船着き場に戻った一行は、おりょうとお梅が先に望外川荘に戻り、残った者は蛙の亀作親方からあれこれと蛙丸の工夫の説明を受けることになった。

蛙丸とこの舟に名がつけられたことを知った親方が、

「えっ、ほんとうにこの舟に蛙丸の名が付きましたか」

と驚きを見せた。

「そなたが渾身の作業をしてくれた舟じゃ、名はあってもよかろうと思ってな。

研ぎ舟蛙丸では不都合かな」

「とんでもねえ、酔いどれ様。わっしが造った舟を赤目様がお使いになり、わっしの異名が舟の名になるなんて、江戸一有名な舟になりますぜ」

と喜んだ。

蛙丸の板子が上げられると研ぎ道具が納められるような区画になっていた。

「おお、これは便利かな。雨の折など濡れて欲しくない品は、納めておけるでな」

とこんどは小籐次が喜んだ。

「父上、兵吉さんに櫓を握ってみてもらってよいですか。艫の足元が前の研ぎ舟よりも広くしっかりとして漕ぎやすいんです。船頭さんの眼から見たらどうか、感じてもらいたいのです」

「ならば、二人で湧水池をひと廻りしてこい」

と小籐次が許しを与えた。

船着き場に残ったのは小籐次の他に船宿いなき屋の楊太郎と蛙の亀作親方に瑞願和尚の四人だけだ。

「では、わが家に参ろうか」

と船着場から竹林を抜けて望外川荘の泉水に突き出した茶室不酔庵に出た。

「おお、これは」

船宿の亭主楊太郎が水面に半ば突き出た茶室の風情に驚きの声を漏らした。そして、不酔庵から望外川荘の全景を見渡せる前庭の一角に出た瞬間、蛙の親方も船宿の主も黙り込んだ。

しばらく沈黙が支配した。

「どうした、お二人さん。須崎村の田舎家が珍しいか」

向田瑞願がふたりの親方に問うた。

「和尚さんよ、こりゃ、田舎家なんてもんじゃねえよ。なんでも大身旗本の数寄者が贅を尽くして立てた建物と聞いていたが、これほどとは思わなかったぞ。どうだ、蛙の親方」

「ぶっ魂消たな。芝口橋で研ぎ仕事をしている赤目小籐次様を見たら、酔いどれ様の住まいは裏長屋と思うであろうよ」

「おお、実際、芝口新町の裏長屋に住んでおったし、今もあそこに住まいはおいてある。おりょうに愛想づかしされた折は、直ぐにも戻れるようにな」

「酔いどれ様よ、そなたらは妙な夫婦だよな。亭主はこのとおり年寄りのうえにもくず蟹のような大顔でいいところなんぞなにもない。反対におりょう様は、見眼麗しくて上品じゃ、若くもある。そのふたりが仲がよいのだ、おりょう様が酔いどれ様を裏長屋に放り出すことはあるまい」

と向田瑞願が言った。

ふたりの親方は沈黙したままだった。

「和尚様、どなたがどなたを裏長屋に放り出すのですか」

前庭に立ったおりょうがだれとはなしに問うた。

「いや、それは決まっておろう。おりょう様が愛想づかしをして酔いどれ小籐次を放り出すのだ」

「和尚様をお寺様にお帰しすることはあっても、うちの大事な旦那様をどこぞに放り出すなどありませんよ」

「酒の香りがしておる場から寺に帰されてもたまらんぞ。それは御免願おう」

と言うと瑞願は沓脱石(くつぬぎ)にいささか古びた下駄を脱いで膳部が揃った席を眺めわたし、

「わしはこたび押し掛けゆえ下座にいたそう」

とさっさと自分の席を決めて座した。

二代目研ぎ舟蛙丸の就航を祝う宴は、宮司の代わりに弘福寺の瑞願和尚が加わり、賑やかにかつ和やかに一刻半（三時間）ほど続いた。

夕暮れ、まだ光が残っているうちに宴は終わった。

「兵吉さん、私もいっしょにいなき屋と蛙の親方ふたりを新しい舟で送っていきましょうか」

と駿太郎が言い出した。

だが、兵吉が、

「駿太郎さんよ、おりゃ、こちらの年寄りたちほど酒好きじゃねえからさ、さほど飲んでない。ふたりをそれぞれしっかりと送り届けるから安心しな」

と言い切った。事実、兵吉は大きな体だが、酒はあまり好みではなかった。猪口（ちょこ）に二、三杯口にしただけで酔うほどに飲んでいない。その代わりご飯のお代わりを駿太郎と競い合うようにして、長命寺（ちょうめいじ）名物の桜餅を和尚や蛙の親方の分まで食べて満足していた。

小籐次は、いなき屋の楊太郎も造船場の蛙の亀作親方もかなり酔っ払っていると見て、兵吉ひとりを呼び止め、

「兵吉さん、これはな、研ぎ舟の代金ではない。二代目の内祝いといった程度の金子だ。明日にも蛙の親方が素面になった折、わが望外川荘の身内一同の気持ちじゃというて、渡してくれぬか」

と包金（二十五両）入りの袱紗を渡した。

「うむ、内祝いな、蛙の親方の漢気と酔いどれ様一家の気持ちのぶつかり合いだな。おれが考えるに二代目の研ぎ舟を新造するとなると八十両はかかろう。まあ、おれの親方といっしょに赤目様の気持ちを届けるぜ」

と大事そうに懐に入れて船着き場に急いだ。

いなき屋の猪牙舟には瑞願和尚まで乗込んで、

「横川の煮売酒屋に横づけだ」

とひとり騒いでいるのを駿太郎とお梅が猪牙舟から下ろして、ふたりの親方の送りを兵吉に託した。

提灯を灯した猪牙舟は、さすがに玄人船頭の漕ぐ舟だ。静かに船着き場を離れていった。

その途端ふたつの鼾が水路の方角から聞こえてきた。

「ご苦労であったな。これでわが家に二代目の研ぎ舟が加わった」

「父上、頑張って働かねばなりませんね」

と駿太郎に言われた小籐次の、

「おお、わしも本業に専念しよう」

との返答におりょうとお梅が笑った。

望外川荘の台所の囲炉裏端に子次郎が独りいて、

「賑やかな宴でしたな」

と小籐次一家に話しかけた。お膳には手をつけていなかった。

「すまぬな、そなただけ仲間外れにして」

「いえ、火付盗賊改の面々を相手にするにはこの程度の用心ではすみますまい。赤目様は承知でしょうが奴らの密偵と思しき黒衣の男が望外川荘を見張っていましたぜ。ですが、こちらにはクロスケとシロの二匹がいますからね、さすがに家のなかに入り込むことは控えておりました。もはやいないと思いますがね」

「兵吉の猪牙舟を追っていきおったな」

「へえ」

との問答をお梅だけがびっくりした顔で聞いていた。

「お梅、汁を温め直してくださいさい。それにお酒もね」

「火付盗賊改から逃げる盗人がお膳に酒つきですかえ、贅沢なことで恐縮です」

「子次郎らしくもない言葉じゃな。わしも少しだけ酒の相手をさせてもらおうか」

「おや、酔いどれ小籐次様の酒の相手をこの子次郎にせよと申されますか」

「船宿と造船場の親方ふたりは、新造舟の納めに上気しておったでな、なんとも賑やかな酒であった。元祖の鼠小僧はどんな折でも覚めておろう。しみじみとした酒もいいもんでな」

「あり難くもびっくり仰天のお言葉ですよ」

とおりょうが燗(かん)をした銚子(ちょうし)を子次郎に差し出した。

「おや、こんどはおりょう様からお酌ですかえ。もはや感激の言葉は言いつくしました。あり難く頂戴します」

と子次郎が受け、

「おまえ様にも」

と小籐次に銚子を差し出した。そして小籐次が、

「そなたも最後の一杯、われらと付き合わぬか」

とおりょうにも盃を持たせた。

三人してしみじみと盃の酒を味わった。

「駿太郎さん、どうですね、新しい研ぎ舟は」

「あれだけの大声の問答です。子次郎さんはすべて承知しておられませんか」

「おや、一本とられましたね。確かにお聞きしました。ですが、駿太郎さんの本音はまだと見ましたがね」

「いえ、注文を付けるところはありません。あとは、私があの研ぎ舟に慣れることでしょう。来島水軍流の師匠は、ご当人が申されるように研ぎ屋爺ですから、もはや櫓は握らせられません」

との駿太郎の言葉に小籐次とおりょうが得心したように頷き、子次郎が微笑んだ。

二

翌朝、二代目の研ぎ舟蛙丸の広い胴ノ間の真ん中に小籐次を座らせて、駿太郎が櫓を握ると、見送るおりょうと、

「駿太郎、慣れぬ舟です、注意をしていきなされ」

「母上、父上を大川に流すような真似はしませんからご安心を」

と言い合って湧水池から枯れ葦の間の水路を隅田川へと向かった。すると、クロスケとシロが岸辺を葦の原まで、わんわんと吠えながら追いかけてきた。

「クロスケ、シロ、心配するでないぞ。無事に蛙丸にて戻ってくるからな」

と言い聞かせると二匹が足を止めた。

「なかなかの舟足かな」

と小籐次が満足げに言い、

「本日はまず久慈屋、さらには新兵衛長屋、続いて蛤町裏河岸に立ち寄ってそれぞれでお披露目して行こうか」

「えっ、本日は仕事はなしですか」

「駿太郎、そなたはいつものように桃井道場で朝稽古をして参れ。わしが久慈屋と新兵衛長屋の蛙丸お披露目は果しておこう。最後に一つ大仕事が残っておるでな。となると駒形町の備前屋は明日以降じゃな」

と小籐次が昨夜眠る前に思い付いたことを言った。

「大仕事ですか、私は聞いておりませんが」

「言うておらなんだか。思い付きじゃ。その場で大仕事を手伝え」

と小篠次は大仕事がなにか言わなかった。

楓川から八丁堀に出てアサリ河岸の桃井道場に蛙丸をつけようとすると、河岸道から祥次郎の声が飛んできた。傍らに嘉一がいた。

「おお、今日の舟は新しいな、久慈屋の舟か、駿ちゃん」

「おはよう。祥次郎さん、嘉一さん」

と年少組の仲間ふたりに駿太郎が挨拶し、

「見て、これが新しい二代目の研ぎ舟、蛙丸です」

「おっ、すげえな」

「大きいよ、前の研ぎ舟より立派だな」

とふたりが口々に言いながら段々を駆け下りてきた。

「赤目様、お早うございます」

とふたりが声を揃えて挨拶した。

「しっかりと朝稽古をしておるか。手抜きをしてはならぬぞ。高尾山の修行がふいになるでな」

「はい」

と返事をしたふたりの眼は蛙丸に釘付けになっていた。

「駿ちゃん、前のよりだいぶ大きいけど櫓を漕ぐのはきつくないか」

「大丈夫です。腕力(うでぢから)で漕ぐのではありませんから、大きいだけに進み始めると舟足がなかなかですよ」

と駿太郎が言いながら、小籐次に櫓を譲った。

「ああ、赤目様だと、まるでおれが櫓に縋(すが)っているようだ」

と祥次郎が言い、

「ふっふっふふ」

と笑った小籐次が、

「いつの日か駿太郎に乗せてもらえ。乗り心地がいいでな」

と言いながら鉤(かぎ)の手に堀を曲がって三十間堀の最初の橋、紀伊国橋に向って蛙丸を進めた。艫の部分、船頭の足元に舵(かじ)が設置されていて、進路を容易く変えられることが並みの猪牙舟とは大きく違った。

「ほうほう、わしが櫓を漕いでおると、確かに祥次郎が櫓を抱え込んでいるようじゃな」

祥次郎も小籐次も同じ背丈で五尺そこそこだ。

「もっとも祥次郎はこれから背が伸びようが、一方のわしは縮むだけだ」

と独り言を言いながら悠然と三十間堀を進み、見慣れた御堀に出た。すると久慈屋の荷運び頭の喜多造が、

「来た来た。大番頭さん、研ぎ舟二代目が参りましたぞ。中古舟と聞いていたが新品ではありませんか」

と叫んだものだから久慈屋から大番頭の観右衛門を筆頭にぞろぞろと出てきた。

「頭、遠目には新造舟ですね」

大番頭が手を翳して小籐次の漕ぐ蛙丸を見た。

「いや、新造舟はなかなかの造りですよ。前の小舟とは大きさも造りも比べようがございませんぜ」

と久慈屋でいちばん舟に詳しい喜多造が応じた。

「さすがは来島水軍流の達人ですね。大きな舟を平然と乗りこなしておられます」

と国三も感動の声を漏らした。

小籐次がみんなの見守るなかで蛙丸を久慈屋の船着場に着けた。

「これは前の舟が可哀そうになるほど立派な舟ですぞ」

「おお、北割下水の造船場の親方蛙の亀作どのが手入れしてくれましてな、ほれ、

櫓もしっかりとしておるし、舵もついておる。胴ノ間の板を外すと物入れになっておりまして研ぎ道具が仕舞いこめます。なにより猪牙舟よりひと廻りは大きくて頑丈な造りです」

「おお、頭、舳先を見てくださいよ、一本角が突き上がり、艫はどっしりとしていかにも精悍です、舵まである小型舟は珍しいですね。これで研ぎ舟ですか」

「なんでも元の舟主は妾の家に通うために贅を凝らした舟を誂えたそうな。それが爺と駿太郎の研ぎ舟に代わりました。主より舟そのものに貫禄があることだけは確かでござろう」

久慈屋の面々が蛙丸を囲んであれこれと言い合った。そこへ空蔵が姿を見せて、芝口橋の上から、

「おい、久慈屋の衆よ、そんなに舟が珍しいか」

「空蔵さんや、この舟は赤目小籐次様の研ぎ舟の二代目、蛙丸ですぞ。並みの猪牙舟とは違います」

「うーむ、この数日、会わないと思っていたらよ、本気で買い替えたのか。えらい景気がいいな、あとでとっくりと見せてもらおうか」

と言った空蔵は国三が慌てて運んできた台に乗り、

「芝口橋を往来の皆々様、気をつけて橋の下をご覧くだされ。われらが酔いどれ小籐次様は、研ぎ舟蛙丸を新しく誂えられたようで、鼻高々で久慈屋の衆に自慢しておりますぞ。あのような立派な舟を注文するほど、酔いどれの旦那は隠し金を持っていたと思えますな。包丁の研ぎ一本四十文であの猪牙とはこれいかに」

と竹の棒で小籐次を差した。すると空蔵の口上を聞こうと足を止めていた人々が欄干越しに久慈屋の船着場を見下ろして、

「おお、酔いどれ様、いい舟を買ったな。これで一段と酔いどれ様に貫禄がつくぜ」

とか、

「おめでとうよ。前の舟はよ、言っちゃ悪いが今にも沈みそうなぼろ舟だったもんな。天下一の武人の乗る舟じゃなかったぜ」

とか声をかけてくれた。

小籐次は橋の上の人々に向かって頭を下げて、

「長年世話になった小舟は久慈屋さんのご好意で借りていたものでござった。だが、舟底から水が漏れるようになってな、修理をしようとしたが、船大工も、『もはや修繕しても無駄だ』というのでな、縁あってかように立派な舟が二代目

の研ぎ舟と相成った。いささか研ぎ屋爺には立派過ぎるがな、倅の駿太郎は背が未だ伸びざかり、これくらい大きな舟でもよかろうと、蛙丸と名付けて本日はお披露目にござる。この蛙丸を見たら、これまでどおりに研ぎを気やすく願おう」

と挨拶すると、橋の上の見物人がいつの間にか大勢になって歓声をあげ、

「おめでとうさん」

と改めて祝いの言葉を述べてくれた。

小籐次がいま一度腰を折って感謝をしめすと、

「任しときなって」

とか、

「研ぎ舟蛙丸な、いい名だよ」

などいい、小籐次の挨拶が終わったとみたか、さっさと橋の上から散っていった。

「おいおい、おれの口上はこれからだよ。読売商いはまだやってないよ」

と空蔵が引き留めようとしたが、二葉町のご隠居が、

「読売屋の口上は読売を売らんがための引き文句ですな。一方酔いどれ小籐次様とわたしどもの問答は掛け値なしの情のやりとりですよ。空蔵さんや、勝負あっ

た。もはや事は終わりました」

と言い残して立ち去った。

「な、なんだよ。おりゃ、赤目小籐次の商い繁盛を願って口添えしたら、この様だ。どうしてくれるよ、酔いどれ小籐次よ」

と文句を言った。

「気の毒したな。で、本日の読売は格別新しき騒ぎが書いてあるか」

「そう問い直されると、これまで報じた騒ぎの後追いでな、正直華がない。そこで酔いどれ様の名を持ち出したのが運のツキだ」

とぼやいて、芝口橋での商いを諦めたか、束ねた読売を腕にかけたまま橋から船着き場に下りてきた。

「おお、おれが一度読売に書いた研ぎ舟がこれか、大したもんじゃないか。値が張ったろう。蛙の亀作親方も舟の値は一切口にしないんだ。こりゃ、北割下水の造船場でおれが見たときよりさ、一段と手が加えられてよ、妙な風格まであるぜ。高かったろう。五十両か百両か。天下の酔いどれ小籐次には大した値じゃないよな。あの美談の花火師との絡みはなしだ、親方が口にしないもの。ほんとうの値はいくらだ」

としつこく質した。

「そなた、蛙丸のことを読売に書いたか」

「うむ、それだ。亀作親方があんまり喋らないんでな、そこそこの三番手の読み物に仕立てたんだが、酔いどれ様の研ぎ舟が新しくなったくらいでは、客の手応えがにぶいな。それにしてもよ、この舟は近くで見るとなかなかの研ぎ舟だよな」

「ということだ。亀作親方がそっとしておいてほしい話をあれこれと暴き立てても最前の二の舞だ、読売の買い手はそなたの魂胆(こんたん)を見抜いておるでな」

「ちえっ、せっかく蛙丸を読売でお披露目してやろうと思ったら、この様だ。今日は仏滅かえ。酔いどれ様、なんぞ派手な話はないか」

「派手な話とはなんだ」

「元祖の鼠小僧次郎吉がとっ捕まったとかさ、おまえさんと立ち回りをしたとかさ、そんな騒ぎだ」

「こちらは年寄りの研ぎ屋じゃぞ、さような話はござらぬ」

「ちえっ、読売は一枚も売れない。赤目小籐次は、立派な研ぎ舟蛙丸にご満悦、おれだけが貧乏くじを引いたようだな」

「はい、空蔵さん、そういうことです」

と久慈屋の大番頭の観右衛門に言われた空蔵が読売を腕にかかえて船着場から黙って立ち去った。

その代わりに北町奉行所の見習与力の岩代壮吾が蛙丸を見にきた。

「おお、これはなかなかの舟ですね。丁寧に造られた舟だ」

と近くに目を寄せてじっくりと見た。

「赤目様、乗せてもらってようございますか」

「北町の与力どのが関心を持ったか。どうぞ好きなだけ乗りなされ。本日はお披露目ゆえ研ぎ仕事もせんでな」

「仕事を休んでお披露目ですか」

と言いながら船着き場から軽やかな身のこなしで蛙丸に飛び乗った。

「おお、ひと揺れもせぬぞ。高瀬舟のようで高瀬舟でなし、舟底は赤目様の次直のように鋭く尖っておりますか」

とあれこれと点検して回った。

「岩代どの、そなたがこれほど舟に関心があるとは思えぬが、なんぞ話があるのかな」

と小籐次が聞いたのは観右衛門ら久慈屋の面々が仕事に戻ったあとのことだ。

「ございます。火付盗賊改の小菅と琴瀬のふたりが元祖鼠小僧次郎吉の手下を捕まえたそうな。おそらくあやつらのこと、手ひどい牢問いをしておりましょうな」

「名はなんというな」

「なにも吐いていないそうで、年のころは二十五、六だそうです」

「岩代壮吾どの、火盗改はこの者をどうすると思うな」

「火付盗賊改もなんら証があってのことではございますまい。数日我慢しきれば放免するしかあるまいと思います」

「火付盗賊改がさように容易く放免するかのう」

「われらにも手はないことはない」

と壮吾が言った。

「赤目様、最近子次郎と連絡はございますかな」

「盗人と付き合いがあるかと尋ねられ、町奉行所の見習与力どのに、ござる、というのもどうかのう。あいつが用のある折、久慈屋の研ぎ場に姿を見せるか、なんぞ連絡の策を打ってこよう。その程度の付き合いはなくもない」

小籐次はこちらから連絡の手段があることも、いや、子次郎が望外川荘にいることも岩代壮吾に伝えなかった。

「もし子次郎と連絡がついた折には、あの者に手下はおるかどうか聞いておいてくれませんか」

「分かった。そうしよう」

小籐次は子次郎に一人ふたりの仲間がいることはなんとなく承知していたが、盗みは子次郎の独り働きと確信していた。

「町奉行所では鼠小僧次郎吉をどうみているのだ。独り働きか、一統を構えての仕事か、あるいは鼠小僧と称するワルどもが何組もおるのか、その辺りをどう考えておる」

「南町の見立ては存じません。ですが、北町奉行所では、当初の鼠小僧と、ただ今暗躍している数多の鼠小僧は別もの、それを次々に模倣した一味が何組もおるものと考えております」

「火付盗賊改はどうか」

「こちらはともかくひっ捕らえるのに腐心して、鼠小僧の本物がだれかなど考えておりますまい。小菅どのも琴瀬も子次郎を捕まえて赤目小籐次様の鼻を明かすことしか、考えておらぬと見ました」

「わしの鼻を明かしたところで鼠小僧を捉えたことにはなるまい。ともあれ、ただ今暗躍しておる自称鼠小僧どもは残虐な所業をなしておる。こやつらを丁寧に一組またひと組とお縄にしていくことが、ただ今為すべきことではないか」

「いかにもさようです」

と壮吾が応じたとき、

「岩代壮吾様、稽古どころではございませんか」

と駿太郎の声が河岸道からした。

「おお、駿太郎か、そなたの申すとおり鼠小僧一味の所業に振り回されておってな、それがしだけ稽古というわけには参らぬのだ。道場での稽古はしばらくお預けだな」

「やはりそうですか」

と応じた駿太郎が河岸道を下りてきて、

「早く鼠小僧一味を捉えて、蛙丸で荒川の上流に船遊びに参りませんか」

と壮吾に言った。

「それがしもその日が一日も早く来ることを祈っておる」

と応じた壮吾が、

「おお、そうじゃ、祥次郎らがまた馬鹿なことを考えておるぞ。出来ぬことは出来ぬと断ってくれ」

「望外川荘に泊りがけで稽古に来る話ですか」

「なに、もう祥次郎め、駿太郎さんに願ったか」

「つい最前、稽古が終わったあと、私の方から祥次郎さんに話して誘ったのです。父に聞いてみますと返事をしておきましたが、このところ父上もばたばたして仕事をしておりませぬ。鼠小僧の一件が片付いたころにしてほしいと応じてきました。父上、それでよろしいですね」

駿太郎は子次郎が望外川荘の隠し部屋に潜んでいることを念頭にそう返答したことを暗に小籐次に告げた。

「おお、ただ今は岩代壮吾どのも死に物狂いの働きをなさらぬと見習の二文字がとれまい。その話はしばらく先じゃな」

と小籐次が駿太郎の対応に賛意を示した。

「祥次郎め、駿太郎さんの誘いとはいえなにを考えておるやら。会ったらどやしつけておきますで、赤目様、駿太郎、弟の考えなしをお許しください」

と詫びた。

「壮吾さん、祥次郎さんが悪いのではないのです。そう叱らないでください」

「いえ、ただ今の状況を考えれば、いくら部屋住みの無駄めし食らいとはいえ、さような話をなすべき時かどうか、分からせなければなりません」

と岩代壮吾が言い、

「赤目様、望外川荘の泊りがけの剣術修行がなるような折りは、それがしが年少組の後見として指揮をとりますで、今後はそれがしになんでもご相談ください」

と言い残すと呉服橋の北町奉行所に戻っていった。

「困ったな、また祥次郎さんが兄御の壮吾さんに叱られるぞ」

と駿太郎が案ずる言葉を発すると、

「まあ、当座さような呑気なことはできまいし、うちも受け入れられぬ」

と小籐次が言った。

「赤目様」

と次なる声が河岸道からした。

「おや、こんどは南町奉行所の定廻り同心どのに難波橋の親分さんか、芝口橋は大番屋でも奉行所でもないぞ、千客万来じゃな」

と小籐次が唸った。

「つい最前まで北町の岩代壮吾どのがおられたようですね。まさか鼠小僧の一件で捕まえる助勢をしてくれと願ったのではございますまいな」

と秀次が尋ねた。

「赤目家の研ぎ舟蛙丸を見に来られただけじゃよ」

「ほう、北町はさような余裕がございますかな。ならば、親分、われらも赤目様ご自慢の研ぎ舟を拝見せねばなるまいて」

と近藤同心が久慈屋の船着場に下りてきた。

三

このあと、小籐次と駿太郎親子は久慈屋から新兵衛長屋を訪れ、蛙丸を見せるとここでもひと騒ぎがあった。

勝五郎が、

「おお、なんぞで荒稼ぎしたか。酔いどれめ、いきなりぼろ舟からまるで旦那衆が吉原通いに使うような贅沢舟にしやがったな。なに、名は蛙丸だと、仕事舟に名など聞いたこともねえや、赤目小籐次め」

と言いながら石垣から真新しく見える研ぎ舟に乗り込もうとした。すると新兵衛が、

「天下一の武芸者に対し呼び捨てにし、あまつさえ、下郎の分際でそれがしの舟に乗り込もうなどと僭越（せんえつ）であるぞ。赤目小籐次がまず乗り初（ぞ）めいたす」

と石垣から蛙丸に飛び降りようとするのを、

「ま、待って。お父つぁん、ダメよ、歳を考えて」

とお麻とおきみが両袖を握って必死で引き留めて、

「赤目様、それはなりませぬ。こちらは仕事舟、赤目様の乗るのは屋形船にございます」

と勝五郎までもが調子を合わせ、小籐次と駿太郎親子に、さっさといきな、と手で合図した。そこで駿太郎が慌てて蛙丸を石垣から離して、

「乗り初めはこの次ね」

と勝五郎に向かって言い、

「ううーん、せっちん通いに危うく先をこされそうになったわ」

と新兵衛が無念げな顔をした。

蛙丸は堀伝いに江戸の内海に出た。

「どうだ、独りで漕げそうか」

と小籐次が駿太郎に尋ねた。

「父上、大丈夫です。本日は風もなく波も凪いでいます。蛙丸はぐいぐい進んでいますよ」

と六尺余の体を使い、櫓を軽やかに操ってみせた。

小籐次も駿太郎の体の使い方を見て、

(わしが手伝うことはないか)

駿太郎の成長を心強く思うと同時に少しばかり寂しくもあった。

蛙丸は初めての海を悠然と大川河口に向かって進んでいる。

鉄砲洲と佃島を結ぶ渡し船から馴染みの船頭が、

「酔いどれ様、駿太郎さんよ、立派な猪牙舟じゃな、久慈屋の舟ではなかろう」

と声を飛ばしてきた。

「船頭さん、初代の研ぎ舟は水漏れするようになって、この二代目の研ぎ舟に代わりました。櫓のさばき具合もなかなかいいですよ」

と駿太郎が叫び返し、

「おお、そうかえ、天下一の剣術家の研ぎ舟にふさわしいな、酔いどれ様よ」

「有り難うござる。本日は二代目のお披露目に回っておる」

と小籐次が応じると乗合客からあれこれと言葉が飛んだ。が、すれ違う舟どうしの問答は風に流されて駿太郎にも聞き取れなかった。されど皆が喜んでくれることが嬉しかった。

内海と大川河口の波立つ水面で駿太郎が尋ねた。

「父上、大仕事というのはなんですか」

「蛤町裏河岸でな、二代目を披露したら本日は駒形町の備前屋は訪ねず、北割下水の蛙の親方のところに立ち寄りたいのだ」

「昨日、亀作親方にはうちでお会いしたばかりですよね」

「いかにもさようだ。ひとつだけやり残したことがないか」

と小籐次が駿太郎に反問した。

「父上はなにがしかお礼の金子を兵吉さんにお預けになりましたけど、なにか差し障りがありますか」

「あの一件な、蛙の親方ならばわしの気持ちも分かってくれよう」

との父親の返答に駿太郎は迷った。

「ああ、蛙丸って舟の名を蛙の親方に書いてもらうのですか」

「舟の名を書くのはおりょうに任せようではないか」

「そうか、そうでしたね。この蛙丸のどこかに舟の名を書いた板をつけるのですか」

「まあ、そうだ」

と小籐次が蛙丸の艫を振り返り、思案した。

「造船場なら蛙丸に使ったのと同じ板の残りがありますよね」

「あるだろうな」

小籐次の即答を聞いた駿太郎が、

（材料をもらいにいくのとも違うようだ）

と思った。

「そなたがわしの子になる前から初代の研ぎ舟を使ってきた。さように世話になった小舟をあのまま蛙の親方の造船場の池に放置してよいものか、と思うてな。そこであの名もなき小舟を望外川荘にこの蛙丸で引いて戻り、うちの敷地で火葬にしてやろうと思うてな」

「あっ」

と駿太郎が驚きの声をもらし、

「そうでした。新しい舟ばかりに心がいって、これまで世話になった小舟を蛙の親方のところに置いたままというのを忘れていました」

「火葬というても人ではないわ。望外川荘にて小舟を壊し、ただ燃やすのも勿体ないでな。われらの役に立つように風呂の窯(かま)で毎日少しずつ燃やして湯を沸かし、湯を使いながら感謝して同時に小舟を成仏させようではないか」

「父上、よい考えです」

と駿太郎の櫓を漕ぐ手に力が加わり、江戸の内海から大川河口を乗り切り、蛤町に向かう板橋が架かった堀へと蛙丸を独りの力で漕ぎ入れた。

「世話になった小舟の艫の部分ならば、蛙丸と書くに相応しい板が得られるのではないか」

と小籐次が新しい思い付きを口にした。

「父上、きっとありますよ。その板を蛙丸のどこに飾りましょう」

「蛙丸の船尾に付けられぬか」

うむ、と駿太郎が足元を見て、

「蛙丸には舵板がありますよね。舵板の左右に二つにわけて、『望外川荘』、『蛙丸』と母上に書いてもらったらどうでしょう。櫓にも舵にも邪魔にはなりませんよ」

「よいな」

と言ったところで、いつもの蛤町裏河岸の橋板がつき出しただけの船着場が見えてきた。

今日は珍しくこの刻限まで角吉（かどきち）の野菜舟があって、姉のうづや蕎麦屋の美造（よしぞう）親方がいた。

「あっ、酔いどれ様と駿太郎さんがえらく立派な舟に乗ってきたぞ」

と角吉が叫び、みんなが蛙丸に視線を集めた。

「おい、酔いどれ様、その舟はなんだ。えらく得意げな顔をしておらぬか」

と美造親方が質した。

「そういうことだ。ご一統、二代目の研ぎ舟蛙丸を本日、お披露目に参ったのだ」

「な、なにっ、これが二代目の研ぎ舟か」

「大きくて立派よね」

「これなら酔いどれ様が身罷（みまか）っても、駿太郎さんが三途の川を漕いでわたしてくれるぞ」

などと勝手なことを言い合い、ここでも一頻(ひとしき)り蛙丸披露目の賑わいがあった。

平井村に戻る野菜舟と蛙丸が一緒に横川から小名木川に入り、

「駿ちゃん、商いの合間にさ、新しい舟をおれにも漕がせてくれよ」

「もちろんです」

と角吉と言い合って、小籐次、駿太郎親子は南十間川を北に向かい、竪川を過(よ)ぎって十間川から北割下水へと入っていった。

「どうした、酔いどれ様よ。祝い金を取り戻しにきたか」

と蛙の親方が蛙丸の親子を見て言った。

「取り返すほどの金子でもあるまい。快く受け取ってくれて感謝いたす」

と応じた小籐次が本日の用事を告げた。

「なに、あのぼろ舟の弔(とむら)いを望外川荘にて催すか」

「人ではないでな、風呂を沸かす薪にしようと思う。でな、艫から板を取って舟の名を書こうと駿太郎と話し合いながら来たところだ」

「さすがに天下の酔いどれ様が考えることは、ひと味並みの人間と違うな。しかしな、水に半分浸ったぼろ舟を蛙丸で引いていくのは大変だぞ。おい、野郎ども、あの小舟を壊してな、艫板だけは大事に剝がせ」

と蛙の親方が職人衆に命じた。たちまち四、五人の船大工たちが道具を手に沈みかけた小舟に群がり、四半刻もせぬうちにあっさりと細かい板切れにした。

「蛙丸の胴ノ間に莫蓙を敷いてよ、小舟の板切れを載せな、蛙丸が濡れてもいけねえや」

と新たに命じた。

小舟の艫床の板は、古びてはいるがしっかりとした杉板だった。それを親方が幅四寸長さ一尺の二枚の板に切ってくれた。

「どうだ、これならおれの異名つきの舟板になろうじゃないか。かたちが嫌なら好きなように変えな。ともかく二代目蛙丸に初代の小舟の一部がよ、加わることになるぜ」

と言った。

小舟の廃材は蛙丸の胴ノ間に山積みされて小籐次と駿太郎の父子で櫓を漕ぎながら須崎村の望外川荘の船着き場に戻ってきた。

クロスケとシロが廃材を積んだ蛙丸をいつもとは違うと見たか、警戒するように大きな吠え声で迎えた。

「クロスケ、シロ、前の小舟だぞ。怪しげなものではないぞ」

と駿太郎が言いかけた。

そのとき、小籐次も駿太郎も葦原に隠された苫舟(とまぶね)を見たが知らぬ顔で通り過ぎた。大方火付盗賊改の密偵か小者が、望外川荘を見張る舟だろうと親子は思った。

夕餉を食する前、クロスケとシロは散歩を兼ねて望外川荘の見廻りに駿太郎と出た。

新しい研ぎ舟をしっかりと固定して一代目の小舟を壊した廃材は明朝下ろすことにした。ただ蛙丸の名を書く艫板二枚は望外川荘に持ち込んでいた。

二匹の飼い犬はすでに夕方のエサはお梅にもらって食していた。

「いいか、クロスケ、シロ、新しい研ぎ舟ゆえ何者かが眼をつけるかもしれん。今晩は蛙丸で不寝番をしてくれぬか」

と駿太郎が望外川荘を見張る者たちに聞こえるように命じて、蛙丸の舟中に二匹の寝場所を設えた。

クロスケもシロも駿太郎の命を理解したか、まだ廃材の積んである研ぎ舟に泊まることになった。

「なんぞあれば、吠えて知らせよ。父上とこの駿太郎が駆けつけるからな」

と言い残して駿太郎が母屋に戻っていった。

二匹の飼い犬は寝場所に丸まって夜風に当たっていたが体を寄せ合って眠りに就いた。火付盗賊改の手下らは、二匹の犬がいる望外川荘の敷地にさすがに入ることは叶わなかった。

「どうみても酔いどれ小籐次の身内三人と女衆の四人だけだぞ」

「いや、もうひとり納屋に下男が住んでおるな」

「その納屋に怪しげな者は潜んでおらぬか」

「その様子はない」

と言い合った火付盗賊改の手下は、

「今晩は苫舟で泊まるしかあるまい。明日、琴瀬様に格別怪しげな人物を匿(かくま)っている風はないと報告しようか」

「琴瀬様は煩(うるさ)いからな、素直に聞いてくれるかどうか」

「ともかく望外川荘に動きがなければ、見張ってもしょうがないと思うがな」

とふたりが言い合い、密かに苫舟に積んできた酒を飲みながら一夜を過ごすことになった。

望外川荘の朝は早い。

駿太郎が七つ（午前四時）には起きて庭で稽古を一刻ほどなす。ときに小籐次が付き合うこともあるが、この朝は蛙の亀作親方が小舟の艫板から切り出した板二枚を小籐次がさらに磨き立て、角をとっておりょうに「望外川荘」と「蛙丸」と書くように渡した。

クロスケとシロが見守るなかで、朝稽古を終えた駿太郎が、

「父上、本日は駒形町に蛙丸のお披露目に立ち寄り、アサリ河岸の桃井道場の稽古に出てよいですね」

「そうじゃな。おりょうが本日にも舟の名を書いてくれれば、この夕刻に舟につけて、備前屋には明朝お披露目に行かぬか。そのほうが蛙丸の万端整ったところを見てもらえよう。もはや一日お披露目が遅くなっても大した違いはあるまい」

と親子で話し合い、まずは百助も手伝って三人で蛙丸から船着き場に廃材を下ろした。

「赤目様、風呂の薪にするのなら一気に納屋に運ぶこともありますまい。わしが少しずつ運んでおきますでな」

と百助が言い、小籐次と駿太郎親子は蛙丸で初仕事に出ることにした。

アサリ河岸の桃井道場では、年少組五人が待ち受けていて、

「おい、駿太郎さん、新しい研ぎ舟に慣れたか」

と祥次郎が声をかけてきた。

「本日、母上が蛙丸の名を書いた木札を取り付ければ万全です。それより鼠小僧の騒ぎは未だ続いておりますか」

「ああ、それだ。青物役所のある神田多町附近で昨晩も鼠小僧が押込みに入ったらしいぞ。ところが飼い犬に吠えられてひとりが捕まったんだ。大番屋で調べが続いているそうだ」

「それはお手柄ですね。その者から一味が分かるといいですね」

「お手柄は飼い犬なんだよ。鼠小僧の一味がとっ捕まったらおれたち、望外川荘を泊りがけで訪ねていいんだよな」

と嘉一が小籐次のことを気にしながら蛙丸を小籐次に託して河岸道に上がってきた駿太郎に聞いた。

「いかにもそのほうらが望外川荘にて稽古をするのは鼠小僧の騒ぎが静まったあとだ」

と言い残した小籐次がこれまでの小舟より二倍は大きな蛙丸を巧みに操り、久

慈屋に行くのを駿太郎らは見送った。

久慈屋の店先ではすでに研ぎ場が出来ていた。

「赤目様、桂三郎さんとお夕さんはもう青田波に入り、仕事を始めていますよ」

錺師芝口屋桂三郎と正式に名付けられた工房だが、界隈の住人は、

「なんだって、『錺師芝口屋桂三郎』だって、かた苦しいな。仕事場に掛かる絵はよ、酔いどれ様の女房のおりょうさんが描いた絵、青田波だそうだな、ならば『青田波の工房』、いや、『青田波』で十分だ」

と単に「青田波」と呼ぶようになっていた。そんなわけで、国三まで倣って「青田波」と呼んだ。

「おお、先を越されたか。少しは落ち着いて仕事をせぬとな」

と小籐次が早速研ぎ場に座り、このところざわざわとして全く手をつけてなかった久慈屋の道具の手入れを始めた。

駿太郎は、いつもより早く四つ半前に久慈屋に姿を見せた。

「早いではないか」

「岩代壮吾様方は、鼠小僧が毎晩起こす騒ぎの探索に追われて稽古どころではありません。道場にいるのは年少組だけで、稽古をいつもより早く終えました」

駿太郎が答えて研ぎ場に座った。

せっせと研ぎ仕事に父子が精を出していると、難波橋の秀次親分の手下の銀太郎(ぎんたろう)が姿を見せた。

「おや、珍しいな。銀太郎さんや」

「赤目様、親分がさ、赤目様に昨晩三光新道で押込みにあった煙草屋の番頭の傷を見てほしいんだと。仕事中の赤目様を毎度毎度引き出すのは真に申しわけねえが、お城からやいのやいの言われて、近藤の旦那も親分も赤目様のお力に縋(すが)りたいそうだ、ダメかね」

と懇願した。

「なに、あちらでもこちらでも鼠小僧が出没しおるか。番頭どのはなんとか命は助かったか」

「それが」

と銀太郎が首を横に振った。

「なに、殺されたか。鼠小僧を名乗る面々め、残虐極まりないな」

と研ぎかけた刃物をおくと立ち上がり、

「駿太郎、わしはいつ戻れるか知れぬ。仕事の目途がついたら望外川荘に帰っておれ」

と命じた。

結局、駿太郎は独りで久慈屋の研ぎ場にすわり、その日の夕暮れまで仕事を続けた。だが、小籐次が戻ってくる様子はなかった。

七つ半前、駿太郎は仕事に区切りをつけて須崎村に戻ることにした。国三が気の毒そうな顔で駿太郎に言った。

「駿太郎さん、また数日赤目様は当てにできませんね」

「国三さん、致し方ありません。母上にこの旨伝えて私が独りで出来る仕事をしていきます。明日もこちらにお邪魔します」

「赤目様がもし早く戻ってこられるようならば、大番頭さんに断って私が望外川荘に送っていきます。まずさようなことはないとは思いますがね」

駿太郎は国三に頷き返し、昌右衛門や観右衛門らに挨拶して船着き場に下りた。するると空蔵が蛙丸を見下ろしながら船着き場に腰かけていた。

「親父様はどこへ消えたな」

「難波橋の親分のところの銀太郎さんに呼ばれてどこかへ連れていかれました」

「ああ、また南町に捕まったか。望外川荘に帰るのなら、日本橋川まで乗せてもらえぬか」

とひょいと蛙丸に駿太郎の返事も聞かずに飛び乗った。

見送りにきた国三も駿太郎もなにも言わず舫い綱を外した。

「有り難う、国三さん。また明日ね」

と駿太郎は蛙丸を御堀の流れに乗せ、すぐに三十間堀へと左折させて入れた。

「乗り心地がいいな」

「空蔵さん、蛙丸を褒めるために乗り込んだのですか」

「うーん、それがな。必ず赤目小籐次の手を南町が借りにくると思っていたんだが、ちょいと先回りされちまった」

「なにがあったのです」

「火付盗賊改はな、鼠小僧次郎吉騒ぎに酔いどれ小籐次が一枚嚙(か)んでおる、といって、鼠小僧といっしょに酔いどれ様を即刻捕まえよと尻を叩いたんだそうだ。南町もそれを知ってさ、酔いどれ様を匿ったってのが真相だな」

「父上が押込み強盗をしているということですか」

「いや、鼠小僧次郎吉と称する押込み強盗を差配しているのが赤目小籐次だというんだ。だれが考えたって噴飯ものの話じゃないか」

「ふんぱんものってなんですか」

「臍で茶を沸かすほどあり得ない話ということよ。あやつら、なにを焦っているのかね。ただ今の鼠小僧次郎吉は、関八州で食い詰めて江戸に流れ込んできた有象無象だぜ。そんな輩に天下の赤目小籐次が関わりを持つはずもないじゃないか」

空蔵の抑えた口調に駿太郎はただ頷いた。

「うぞうむぞうというのは大した連中じゃないということですよね」

「そう、塵芥の類よ」

と空蔵が言い切った。

「はい、父上はさような面々と手を結ぶわけもありません」

「ああ、ない。南町が親父さんの身を匿っているはずだと、駿太郎さんに伝えたかったのよ」

しばし沈思した駿太郎が有り難うと礼を述べ、

「日本橋川の大番屋で下ろせばいいですか」

「いや、用事は済んだ。どこでもいいぜ、蛙丸を岸辺につけてくんな」

と空蔵が言った。

四

望外川荘に戻ってみると出迎えたクロスケとシロがいつもとは違い、なんとなく大人しかった。そこへお梅が姿を見せて、

「客人がいなくなったの」

と小声で言った。

「客って子次郎さんのこと」

「そうよ」

「母上はなんと言っています」

「望外川荘に子次郎さんを縛りつけているわけじゃないから、戻ってきたいときは帰ってこられるわって」

「そうですね。子次郎さんになにか考えがあって出かけたんですよね」

と蛙丸を船着き場に寄せて舫った。

（そういえば望外川荘を見張っている舟が葦原にいなかったな）

と思ったが、子次郎の不在と関わりがあるのかないのか分からなかった。

「そうだわ、おりょう様が蛙丸の名を書かれたのよ。蛙丸が一段と素敵になるわ」

「よし、舟板を見て、蛙丸につけようか。金槌と釘がいるな」

と駿太郎の言葉を聞いたお梅が笑い、

「兵吉従兄さんが言ったとおりだ」

「兵吉さんがなんと言ったの」

「昼間、ちらりと立ち寄ったの。その折、縁側でおりょう様が舟名を書いた銘板の二枚を乾かしているのを見て、『間に合ったな。赤目様たちが蛙丸に釘で打ち付けるんじゃないかと思って』と言ってね、船宿から持参した格別な膠(にかわ)を置いていったわ。その膠で板を張り付けると舟を傷めないし、剝(は)がれ難いんですって」

「やっぱり兵吉さんは本物の船頭さんだ」

と駿太郎が感心し、

「明るいうちにつけようか、お梅さん」

というと蛙丸の船尾を岸辺に寄せた。その間にお梅が舟の名を書いた板と格別な膠を望外川荘に取りにいった。

駿太郎は船尾を乾いた古布できれいに拭った。

クロスケとシロがなにをするのかといった風に駿太郎の動きを見ていた。そこへおりょうとお梅が二枚の板と小さな壺に入った膠と篦を持ってきた。

おりょうが、

「駿太郎、これでどうかしら」

と舟の名を書いた板二枚を見せた。そこには濃紺色の絵具で、「望外川荘」と「研舟蛙丸」と認められていた。

「母上、蛙丸だけより研舟と入ったほうが四文字四文字で船尾が力強いし、安定しますよね。父上が見たら驚くぞ」

駿太郎とお梅が一枚ずつ板をもって船尾に当てて見せて、

「いいわ、蛙丸らしくなりますね」

とおりょうも言った。

頷いた駿太郎はお梅に手伝ってもらい、「望外川荘」の板の裏側に篦で膠を塗り、船尾の左側に、

「母上、これでどうですか」

と少し浮かせながら当ててみせた。

「左側を少しだけ下げて、そうそう」

とおりょうの言葉を聞いて駿太郎が板をぴたりと付けた。そして、しばらく抑えていた。

「ひと晩置いておくとその膠が乾いて馴染むんだって」

「よし、つぎは『研舟蛙丸』だぞ」

と三人が協力し、蛙丸の船尾が一段と格調高くなった。

「母上、初代の研ぎ舟と二代目の蛙丸が合体しましたね」

「これで蛙丸に魂が籠められた感じですよ」

「はい」

と返事をした駿太郎が蛙丸から離れたところから舟名を眺めて、

「おおー、蛙丸、なかなかいいぞ」

と感動の声を上げた。

「クロスケ、シロ、いいか、今晩も船着き場を見張っているんだぞ。だれに盗まれてもいけないからな」

と二匹の飼い犬に命ずると、わんわんと吠えて了解した。

駿太郎はいつまでも蛙丸を見ていたかったが、

「子次郎さん、どこに行かれたんでしょう」

とおりょうに聞いた。

「なにかお考えがあってのことですよ」

と応じたおりょうが、

「わが亭主もなんぞ用事で芝口橋に残ったのかしら」

「ああ、そうだ、母上に伝えるのを忘れていました。南町奉行所の近藤様と難波橋の秀次親分に呼ばれて大番屋に行きました。父上を呼びにきた銀太郎さんと出かけていくとき、いつ御用が終わるか分からぬゆえ、望外川荘に戻っておれと駿太郎に命じたのです」

駿太郎の言葉を聞いたおりょうが、

「わが亭主の行動と子次郎さんのお出かけは関わりがあるかしら」

と呟いた。

駿太郎は、蛙丸の櫓を外して担ぐと望外川荘の納屋に入れて、母屋の隠し部屋に入ってみた。

やはり子次郎の姿はなかった。行灯(あんどん)の灯りを点けると、夜具が片付けられ、隠し部屋に駿太郎の他にもうひとりがいたことの証(あかし)は消えていた。

そして、夜具の上に置き文があった。短い内容で、

「思い付いたことあり、一時出かけたし」

とだれに宛てたでもなく、また書き手の名も認められていなかった。字は決して上手とはいえなかった。

「子次郎さんは望外川荘から去ったわけじゃないんだ」

と駿太郎は思った。とするとふたりが話し合ったわけではないが、父が大番屋に呼ばれた用事と子次郎の出かけたことはおりょうの言うように、

「関わりがある」

のだと思った。

駿太郎は行灯の火で置き文を燃やした。そして、行灯を消して隠し部屋を出ると階下に降りた。

おりょうとお梅が囲炉裏端にいた。

「母上、子次郎さんは望外川荘に戻ってきます」

と短い置き文の内容を告げ、文は燃やしたことも言い添えた。

「思い付いたことね、やはりわが背の御用と関わりがありそうですね」

「ありますよ」

とおりょうの言葉に駿太郎は言い添えた。

「ということは二、三日留守でしょうか」

「ありうるわね」

と応じたおりょうが、

「お風呂が先、それとも夕餉を食べますか」

と駿太郎に聞いた。

「お腹が空きました。夕餉をお願いします」

と駿太郎が願った。

夕餉を終え、湯から上がった駿太郎が隠し階段を引き出そうとしたとき、船着き場でクロスケの吠え声がした。

小籐次や身内が戻ってきたときの喜びの吠え声とは違い、警戒の吠え声だ。

駿太郎は寝衣の腰に帯を締め、孫六兼元を差し落とし、手に馴染んだ木刀を手に、もう一方に提灯を下げた。

「母上、お梅さん、家の中にいて下さい」

と言い残して台所の裏口から庭に出ると、別棟の納屋から百助が鍬(すき)の柄を手に出てきた。

「百助さん、提灯を持ってくれませんか」

と願って渡すと百助ががくがくと頷き、提灯を受け取った。

侵入者が何人か分からないが、二人には熟知した地の利があった。

いつもの不酔庵の傍らの竹林の小道ではなく、湧水池の一角に出る裏道を密かに抜けて船着き場の傍らに出た。すると二匹の飼い犬の吠え声が険しくなっていた。

「クロスケ、シロ、もう大丈夫だぞ」

と声をかけると二匹の犬が一段と張り切って吠え声に力が加わった。

「何者ですか。こちらは望外川荘といって赤目小籐次の敷地ですぞ」

と船着き場のあちらこちらで櫓を探している連中に言った。

「何者か」

とそのうちの一人が駿太郎に質した。

「それはこちらの台詞(せりふ)です。まさか火付盗賊改に雇われたとは言いませんよね」

駿太郎の問いに一味四人が黙り込んだ。

「驚いたな、火付盗賊改といえば公儀の役人ですよ。それが他人の舟を盗もうというのですか」

そこへ竹林から竹を切りだしてきた仲間二人が加わった。櫓の代わりに竹竿で蛙丸を湧水池から何処かへもっていこうとしていた。

「泥棒ですね、それも火付盗賊改に雇われて働いているとしたら、益々許せません」

と言った駿太郎が木刀を構えた。蛙丸を盗もうとした四人も慌てて、刀を抜こうとした。残りの二人は望外川荘の竹林から切り出した竹竿を竹槍のように構えた。

「百助さん、提灯を高く掲げていてね」

と言った駿太郎がいきなり竹竿の二人に飛びかかった。

二人も竹竿で突こうとしたが、駿太郎の動きは迅速を極めた。それに怒りが加わっていたから、いつもの動きより激しかった。竹竿の一本を叩き折ると、その持ち手の肩を叩いた。手加減したつもりだったが、
ぎゃあっ
と叫んだ。

肩の骨が折れたのだろうか。

次の瞬間には竹竿を振り回そうとした、もう一人の相手の内懐に入り込むと

鳩尾(みぞおち)を突いて気絶させた。

一瞬にして二人が戦列から消えた。

ゆっくりと木刀を構え直した駿太郎が頭分と思えた小太りの男に、

「蛙丸に傷でもつけていたら、ただでは済みませんぞ」

と言った。

「赤目親子の足の舟をよ、盗んでこいと命じられただけだ」

と言い訳した。

「だれにです。火付盗賊改方の与力か同心ですか」

「いや、違う、その下人の密偵だと思う」

と応じた相手の胸にどこから飛んできたか、短矢(みじかや)が突き立った。

「嗚呼ー」

と絶叫した頭分が湧水池の水面に倒れ落ちた。駿太郎は、

「百助さん、提灯を消して」

と叫ぶと、

「クロスケ、シロ、矢を放った男に襲いかかれ」

と命じて二匹の犬といっしょに月明かりを頼りに矢が飛んできたと思しき方向

へと走った。すると葦原がざわざわして相手が逃げ出した。

葦原の一角で犬に追い付かれた射手が弓でクロスケとシロを牽制しながら、隠していた小舟に乗り込んで、

「出せ、出すのだ」

と仲間の船頭に命じた。

「畜生、さあ、早く」

と自らも弓を捨てて小舟を湧水池から墨田川への水路に出そうとした。もはや葦の生えた湿地では犬の足でも間に合わなかった。

「クロスケ、シロ、もうよい。戻ってこよ」

と命じると指笛を吹いた。すると二匹の犬が攻撃をやめて駿太郎のところに戻ってきた。シロは得意げに半弓を咥えていた。

「おお、よくやった。明日、明るくなったらこの辺りを探ってみようか」

と言いながらシロから半弓を取り上げた。

船着き場に戻ってみると、矢に当たった頭分が水面に浮いていた。そして、残りの五人は頭分を置いて逃げ出して、辺りに姿は見えなかった。

どこに潜んでいたか、百助が現れ、

「あやつら、逃げていきましたぞ」

と言った。

「その程度の輩だ」

と答えながら、真に火付盗賊改の密偵がかれらを雇ったのなら許せぬと思った。

駿太郎は水に入り、頭分を岸辺に引きずってきた。

矢は胸に突き立っていたが、急所の心臓(しんのぞう)を外れていた。にも拘らずすでに死んでいた。ということは矢に毒が塗ってあったと駿太郎は推測した。

(やはり許せぬ)

と思った。

月明かりを頼りに蛙丸を調べたが、舟体が痛めつけられている様子はなかった。

「よし、クロスケとシロの手柄だ。早く見つけて吠えたてたから、盗まれなかったし、どこも壊れてはいない。櫓を納屋に運んでいてよかった」

と駿太郎が言いながら百助に、

「納屋に戻り、戸板を一枚持ってきてくれませんか。この骸(むくろ)をうちまで運んでおきましょう。朝になったら兵吉さんに願い、南町奉行所の近藤様と難波橋の秀次親分に知らせよう」

と言った。そして、

「クロスケ、百助さんに従うのだ」

と命じた。

興奮気味のクロスケが甲高い吠え声で応じた。

船着き場に残った駿太郎は、岸辺に引き上げた骸の持ち物を懐に探った。すると財布と書付が出てきた。

月明かりで書付がなにか調べるのは無理だ。

シロは船着き場をうろうろとして一味の落とし物を探していた。

「シロ、短矢には猛毒が塗ってある。咥えたりしたら死ぬぞ。探すのは明るくなってからだ」

と命じて百助が戸板を持ってくるのを待った。するとクロスケといっしょに戸板を抱えた百助が戻ってきた。

駿太郎と百助は戸板に短矢が突き立てられた頭分の骸を載せて納屋へと運んで行った。納屋にお梅が待ち受けていた。

「お梅さん、何刻だと思う」

「五つ（午後八時）過ぎかな」

と月の位置を見たお梅が言った。お日様もお月様もおよその時刻を知る目安だった。

「兵吉さんの船宿が開くのは明け六つ（午前六時）時分ですか」

「と、思うけど兵吉従兄さんは、船宿の裏手の長屋に住まいしているの。いなき屋の裏手にはその長屋しかないから直ぐ分かると思うわ。今訪ねて大声で叫べば、起きてくると思うけど」

「お梅さん、私と一緒に船宿いなき屋を訪ねてくれますか」

「そうね、長屋を知っている私が駿太郎さんと一緒にいくほうが手っ取り早いわね」

「よし、ならば今から蛙丸でいなき屋の裏長屋を訪ねよう」

「兵吉従兄さんになにか頼むの」

「南町奉行所と関わりがある難波橋の秀次親分と旦那の近藤精兵衛様を望外川荘に呼ぶのです。毒矢で殺された骸を一刻も早く調べたほうがいいでしょう」

と答えた駿太郎は櫓を納屋から担ぎ出し、百助にこの旨をおりょうに伝えてくれと願った。お梅が従って、二匹の犬もついてこようとした。

「クロスケとシロは望外川荘の留守番だぞ。あやつらが戻ってくるとは思えないが、ともかく少しの間だがおまえらが頼りだ」

と命じて望外川荘に残した。

駿太郎はお梅がいっしょでよかったと思った。中之郷横川町の船宿いなき屋も一度だけ訪ねたのは昼間だし、その裏手にある長屋のどこに兵吉が暮らしているかなど、知らなかった。

長屋に着くと、お梅の声に敏感に反応した兵吉が起きてきて腰高障子を開き、

「お梅、望外川荘になにかあったか」

と質した。そして、お梅の背後に駿太郎がいることに気付いた。

「兵吉さん、頼みがある」

と駿太郎が事情を説明すると、

「よし、おりゃ、久慈屋しか知らないからよ、久慈屋を叩き起こして御用聞きの家に案内してもらおう。そのほうが早いやな」

と素早く飲み込んだ。

いなき屋の船着場で蛙丸と猪牙舟は左右に分かれて駿太郎とお梅は望外川荘に戻った。

南町奉行所定廻り同心近藤精兵衛と難波橋の秀次親分と手下たちを乗せた兵吉の猪牙舟が望外川荘の船着場に姿を見せたのは、夜八つ半（午前三時）過ぎのことだった。

駿太郎はもう少し早く来るかと思ったが、それなりに刻限がかかった。猪牙舟を飛ばして大川を上り下りしたのだろう。兵吉の額に汗が光っていた。

まず近藤は短矢が胸に立っている頭分の骸を見て、

「さほどの矢傷ではないや、それが即死するとしたらトリカブトかね。ともかく猛毒を塗った矢で口を塞がれたな」

と言った。

駿太郎らは明るくなってから船着き場付近を捜し、使っていない短矢三本を見つけた。その矢に加えて雇われた頭分の財布と書付を近藤に渡した。財布の中身を調べ、書付をざっと読んだ近藤同心が、

「いくら町奉行所に抗いたいといっても、こんな輩を雇って赤目様に嫌がらせをするなんて、公儀の役人がすることっちゃねえな」

と伝法な口調で吐き捨て、

「駿太郎さん方の活躍は必ず役に立ててみせるぜ」

と言い残して兵吉の猪牙舟で南町奉行所に戻っていった。

(今朝は桃井道場の稽古は無理だな)

と考えながら独り稽古をしていると、

「駿太郎さん、朝餉ですよ」

とのお梅の声が望外川荘に響き渡った。

第四章　虫集く

一

火付盗賊改は、先手頭や持筒頭からの加役であった。

その長官の任期は一年で、人数は一名、火事や犯罪の増加する秋から春にかけての半年間はさらに二人増やした。

先手組は将軍直轄の軍団で、弓や鉄砲を携行する特化部隊であった。江戸市中を巡回し、火災を予防し、盗賊・博徒の取締り、逮捕、取調べを行う権限を有していた。

本来火付盗賊改は、老中管理下の町奉行に補助協力する立場に過ぎなかった。ゆえに咎人は町奉行に引き渡すのがさだめであった。しかしながら火付盗賊改役所内に白洲や仮牢があり、直に吟味や拷問が行われた。

火付盗賊改の下に与力は五名から十名、同心は三十人から五十人が与していた。

文政九年（一八二六）秋、火付盗賊改の長官は二百十二代の松平忠房であった。その配下の与力のひとりが小菅文之丞であり、同心のひとりが琴瀬権八であった。

子次郎は、ふたりの与力・同心配下の小者弐之吉に目をつけてこの二日ばかり後をつけ回し、龍閑橋近くの長屋に住まっているのを突き止めた。

棟割九尺二間の長屋ではない。

表戸は木戸口に面しており、一階は煮炊きのできる竈つきの板の間と六畳間、二階は床の間付きの八畳間と四畳半の控えの間がある、凝った長屋だった。さらに奥の土蔵も使っていた。

小菅と琴瀬は、火付盗賊改役所の御用部屋に控えているのを嫌い、弐之吉名義で味噌醤油油問屋の上総屋から借り受けさせていた。家賃は半額に値切り、小菅と琴瀬の御用部屋として使っていた。この部屋に女を連れ込み、宴を夜な夜な繰り広げていた。

ときに捕まえた咎人の調べを土蔵で行い、役所に連れ込むことなく責め殺した。

そこまで調べがついた折、子次郎はアサリ河岸の桃井道場の船着き場に泊まる蛙丸に乗り込み、板子の下に隠れた。

朝稽古を終えた駿太郎が独りで蛙丸にて芝口橋へと向かった。今日も桃井道場に与力・同心衆の姿は少なかった。鼠小僧次郎吉を名乗る押込強盗の探索に難儀していると思えた。

蛙丸が三十間堀を南に進み、紀伊国橋を潜ろうとしたとき、駿太郎の足元から声が聞こえた。

「駿太郎さん、親父様はどちらにおられるな」

板子が少し持ち上げられた。

子次郎の顔がちらりと覗いた。

「おや、子次郎さんがお乗りでしたか」

「頼みがある。親父様と今夜にも密かに会いたいのだ」

「父上は南町奉行所の願いで望外川荘にも新兵衛長屋にもいませんよ」

「あちらも難渋しておるか。わっしの願いは赤目様にとって、都合がいいはずだがな、うまくいけば望外川荘のおりょう様のもとに早く戻れます」

「父上とつなぎがつくようやってみます。新兵衛長屋ではどうです」

「いいでしょう、夜半九つ（午前零時）。南町の同心も御用聞きもなしだ」

と板子から片手が出て、布包みを駿太郎の足元に転がした。

「そいつを研いでほしい、駿太郎さん」

「父ではなく私でよいのですか」

「駿太郎さんで十分だ。赤目様に連絡がつかなければ新兵衛長屋の部屋に残してほしい。さすれば赤目様はわっしが火急に会いたいとの願いが分かるはずだ」

「新兵衛長屋は隣と壁が薄いので声が筒抜けになりますよ」

「そうか、それは不味いな」

と言った子次郎がしばし沈思し、

「ならばわっしは夜半九つから龍閑橋の袂にいよう」

「分かりました。父に会えれば伝えるし、会えなければ文を残します」

頼む、と応じた子次郎が、

「駿太郎さん、三原橋を潜る折、人影がなければわっしは下りたい」

駿太郎は行く手を見て、

「荷船が何艘か舫われていますが、人の気配はありませんね」

「ならば少しだけ蛙丸の舟足を緩めてくれないか」

はい、と了解した駿太郎が、

「橋下まで十間です」

蛙丸の板子が一瞬持ち上がると子次郎が転がり出て、荷船に素早く人影が移った。

駿太郎は櫓にわずかに力を込めて、少しずれていた板子を足先で元へと戻した。そして、子次郎の残していった布に包まれたものを懐に入れた。

いつものように久慈屋の船着場に駿太郎は蛙丸をつけた。見習番頭の国三がすでに一つだけ研ぎ場を設けていてくれた。

「おはようございます」

と帳場格子の昌右衛門と観右衛門らに挨拶し、

「父上は未だ数寄屋橋の御用を務めておられますか」

と駿太郎が観右衛門に聞いた。

「のようですね。全くうちには姿を見せられませんよ。ただし寝泊まりは新兵衛長屋のようですがね。それも刻限がまちまちでいつ新兵衛長屋におられるのか隣人の勝五郎さんにも判然としないそうです。いくら南町の近藤様と難波橋の秀次親分と昵懇の付き合いとはいえ、いささか南町も赤目様に甘えておられます」

頷き返した駿太郎は研ぎ場に座した。その傍らには一本一本客の名が書かれた紙が貼られていた。

「ありがとう、国三さん」

「私にはこんなことくらいしかできません。それにしてもおりょう様もお困りでしょう」

「うちより父の助けを求めている人がおります。父と連絡をつけたいのですが、なにか知恵はありませんか」

「新兵衛長屋の部屋に置手紙をしておくことでしょうね。勝五郎さんらにも分かってはならないことですね」

「のようです」

しばし黙って考え込んだ国三が、

「あとで新兵衛長屋を訪ねてみます」

と答えた。

駿太郎は子次郎が蛙丸の床に転がした布包みを開いた。

長さ五寸ほどの畳針のようなものが一対出てきた。特別に誂えたようで鋭利にも平たく尖っていた。

国三は奇妙な隠し武器らしきものを見たがなにも言葉は発しなかった。

針先は水で洗われただけのようだった。

駿太郎は一対の武器が最近使われたことを察して水につけ、中砥を選んで一本手にして研ぎ始めた。

高家肝煎大沢基炳(おおさわもとあき)の両眼を潰した折に使われたものだが駿太郎は知らなかった。

ただ子次郎は、血の気配を消してほしいと願っているのだと駿太郎は思った。

中砥と仕上砥を使い、一対の隠し針の血の名残を消した。丁寧に洗って布に包み直す前に、

「国三さん、父へ文を書きたいのですが筆と硯(すずり)をお借りできますか」

と願うと、国三が半紙を添えて筆記具を差し出した。

「有り難う」

駿太郎は、頭に浮かんだ文字を迷いもなく認めた。

「夜半九つ龍閑橋にて会いたし　子」

と認めた半紙に一対の隠し武器を包み、さらに布を重ねた。

「国三さん、お願いがあります。この包みを新兵衛長屋の部屋に置いてきてください。それで父に伝わります」

駿太郎の願いに国三が黙って受けて帳場格子を振り返った。

ふたりのやり取りを見ていた観右衛門が頷いた。

「駿太郎さん、これから届けます。赤目様がおられるといいですね」

と言い残した国三が芝口橋を渡って新兵衛長屋に向かった。すると入れ替わるように読売屋の空蔵が姿を見せた。

「なに、今日も南町の手伝いか」

と駿太郎に話しかけた。

「空蔵さん、父は南町奉行所の手伝いを未だしているのですか」

「難波橋の親分の手下銀太郎が酔いどれ様を引っ張っていって何日になるよ。事が終わったんなら研ぎ場に座っていてもいいじゃないか。それとも望外川荘でよ、おりょう様と長閑に時を過ごしているのか」

「望外川荘にもおりません」

「となると南町の頼みが難儀しているってことじゃないか」

「頼みってなんだと思います、空蔵さん」

「当節、鼠小僧次郎吉一味を名乗る押込強盗の捕縛だろうが。このところ一晩に大小こき混ぜて二件、三件とあるからな、南も北も火付盗賊改も上から怒鳴られてよ、必死だよな」

「えっ、鼠小僧ってそんなにもいるんですか」

「一組でよ、いくらなんでもひと晩に二つも三つも押込強盗はできめえ」

と空蔵が言い、

「駿太郎さんよ、後ろの帳場格子のじい様なんぞに言うんじゃねえぜ」

「なにをですか」

「鼠小僧次郎吉と名乗る数多の押込強盗にはよ、頭領がいてよ、そいつが何組もの鼠小僧次郎吉を仕切っているのよ」

「そ、そんな」

「なにがそんなだよ。空蔵のいうことが信用できないか、駿太郎さんよ」

「父上はひと組捕まえても、頼まれ仕事は終わりませんか」

「頭領を捕まえないかぎり酔いどれ様の御用は終わらないな」

駿太郎は子次郎が父に会いたいわけは、押込強盗の頭領を子次郎が承知しているからではないかと勝手に想像した。

「頭領だがな、武士だというぜ」

「真ですか」

「おお、真も真よ」

「ならば空蔵さんの読売に書けばいいじゃないですか」

「そこだ。いささか厄介なんだよ。なんでも公儀のお偉いさんって噂もあってな、下手なことは書けねえんだよ。酔いどれ小籐次様がさ、いればさ、おれも心強いけどよ、南町に持っていかれてやがる」

「おかしくありませんか。南町奉行所も公儀でしょ、押込強盗の頭領が公儀の偉いお方なんですか」

「そこだよ。老中支配の町奉行所、若年寄支配の目付の下の火付盗賊改とよ、公儀のお偉いさんの率いる鼠小僧次郎吉一統が三つ巴(みつどもえ)で絡み合ってやがるって図だな、分かるか、駿太郎さんよ」

「よく分かりません」

「どこがよ」

「元祖の鼠小僧は独り働きではないのですか」

「そういうやつもいるがよ、おりゃ、あとあとのことを考えてよ、実(じつ)の身分を隠すために独り働きを続けたと思うね。それほど思慮深い野郎がただ今の鼠小僧次郎吉一統を率いているのよ」

ふーん

と思わず駿太郎が鼻を鳴らした。

「おかしいか」

と空蔵がいうところへ国三が戻ってきた。

「新兵衛長屋にはひとりしか赤目小籐次様はおられませぬよ」

「ひとりいりゃ十分じゃないか。で、酔いどれ小籐次は久慈屋の研ぎ場にも座らず、新兵衛長屋でなにをしてんだ」

「ええ、研ぎ仕事をしておられましたよ」

「なんだって、新兵衛長屋でなにを研いでんだ、見習番頭の国三さんよ」

「ええ、木刀を研いでおられましたよ」

「そりゃ、酔いどれ小籐次形きりの新兵衛さんじゃないか」

「はい、いかにも赤目小籐次様形きりの新兵衛様おひとりが黙々と仕事をしておられました」

「ややこしいことを言わないでくんな。つまりは本物の赤目小籐次は、新兵衛長屋にいないんだな」

「いませんでした」

「最初からそう言ってくれれば話はややこしくならないんだよ、国三さん」

と空蔵が立ち上がり、

「駿太郎さんさ、空蔵がよ、頼みごとがあると親父様に伝えてくれないか」

「だってどこを探しても父上はいないんですよ。無理ですよ」

「無理な、無理ならば致し方ないか」

と空蔵が久慈屋の店先から姿を消した。それを見た国三が、

「駿太郎さん、長屋にいないのを見てあの預かりものと文を框に置いてきて長屋の女衆と新兵衛さんの研ぎ場の前で話をして、帰り際にもう一度赤目様の部屋を覗いてみたんですよ。そしたらなんと、最前置いたはずの預かりものと文が消えていたんですよ」

「そうですか。ということは父上に両方とも渡ったということではないですか」

国三がしばし瞑目し、大きく首肯した。


駿太郎はいつものように仕事をして、今ではすっかりと漕ぎなれた蛙丸に乗り、久慈屋を離れた。

念のために新兵衛長屋の堀留に立ち寄ったが、もはや小籐次形きりの新兵衛は「仕事」を終えて長屋の庭にはいなかった。その代わり勝五郎がいて、

「おい、駿太郎さんよ、酔いどれの旦那はどこにどうしているんだよ。空蔵からひとつも仕事が来ないんだよ」

と質された。

「最前も読売屋の空蔵さんに問われました。難波橋の秀次親分のところの銀太郎さんに呼び出されて以来、だれも父上の姿を見てないんですよ。新兵衛長屋に寝泊まりしている様子はありませんか」

「おお、見習番頭の国三さんもそんなことを尋ねたけどよ、ううーん、長屋の部屋にいるようないないような、はっきりとしたことは分からないんだよ。まさか日中、酔いどれ様が長屋で寝ているなんてことはねえよな」

「ならば長屋の衆に分かりましょう」

「分かるよな」

「もうお夕姉ちゃんは、仕事場の青田波から戻ってきましたか」

「ああ、七つ過ぎに戻ってきて新兵衛さんに付き合っていたが、つい最前差配の家に連れ戻ったぜ。桂三郎さんは、ぼちぼちだが、客が青田波を訪ねてきて、注文を受けるらしくまだ仕事場にいるとよ」

「それはよかったたな」

「差配の家の片隅で遠慮しいしいこつこつ仕事していたものが出世したよな。見ただろう、元面打師の使っていた小体な家に手を加えて、えらく風情のある仕事場でよ、銹りものをやっているのを見たら、桂三郎さんよ、なんて軽々しく呼びかけられないよな。師匠とか、達人とか畏まって呼びたくなるな」

と勝五郎が青田波を訪ねたか、そう言った。

「勝五郎さん、青田波の離れ座敷を見ましたか」

「おお、店にも離れ座敷にもおりょう様の描いた絵が飾ってあってよ、もはや長屋の差配の手伝いの傍らの仕事とは違うよな。おれも一度くらい、あんなところで仕事がしてみてえよ」

「久慈屋さんに頼んでみたらどうですか」

「冗談はなしだぜ。こちらは版木一枚彫って何十文の半端職人だ。あんな立派な工房が持てるものか。桂三郎さんは出世したぜ。そのうちよ、新兵衛長屋を出てよ、あの青田波の傍らに家を構えるぜ」

「えっ、そんな話があるんですか」

「今のところはねえよ。だけどよ、ひとつ注文の品を拵えたら何両何十両もの稼ぎだろうが。そんな日が来ても不思議じゃねえといっているのさ」

「ああ、びっくりした。青田波を仕事場にしたばかりで、一軒家を購うのかと思いましたよ」

「それくらいの勢いといいたいのさ」

「そうですね、そんな日がくるとよいですね」

駿太郎が石垣に手をかけて蛙丸を押し出そうとすると、勝五郎が駿太郎に顔を寄せて、

「それもこれも新兵衛さん次第だな」

と囁いた。

「新兵衛さん次第ってどういうことです」

「おおさ、大きな声じゃいえないが、なんとなくだが、新兵衛さんが近いうちに身罷るんじゃねえかと長屋じゅうが案じているのさ。だってよ、近ごろ一段と体がやせ細って、言葉も動きもむかしみたいな力がないと思わないか」

勝五郎の問いに答えられなかったが、駿太郎もこっくりと頷いた。

「よくも悪くも新兵衛さんの始末が終わらないと、桂三郎さんちがこの新兵衛長屋を出ることはないよ」

駿太郎は新兵衛さんがもし身罷っても桂三郎さんとお麻さん、お夕姉ちゃんは

この新兵衛長屋にいてほしいと思った。そして、勝五郎も桂三郎一家がこの新兵衛長屋を出ていくことを案じているのではないかと思った。

「勝五郎さん、須崎村に戻ります」

と言った駿太郎は堀留から御堀に蛙丸の舳先を回した。

三十間堀に入るには少しばかり御堀を下流に向い、汐留橋を潜らねばならなかった。

風もなく穏やかな秋の気候だ。

駿太郎は蛙丸で独り内海を大川河口へと乗り入れてみようと思い、気合を入れ直した。

「蛙丸、頼むぞ」

と願った駿太郎は、櫓にかけた両手をしっかりと握り直し、体を使って江戸の内海に出た。これまで内海に乗り出したときは、父の小籐次が胴ノ間に控えていた。だから、駿太郎もなんぞあれば、

「父上が助けてくれる」

という気持ちがあった。

だが、今日は独りだ。

「おーい、駿太郎さんよ、独りで二代目の研ぎ舟を操っているか。内海を馬鹿にしちゃならねえぜ。気合を入れてよ、大川に突っ込みねえな」

と鉄砲洲と佃島を結ぶ渡し船の船頭が声をかけてきた。

「はい、そうします」

と応じて内海の波に逆らいながら大川へと向かった。

「がんばれ、駿太郎さんよ」

とか、

「おまえさんの親父様は、天下一の武人にして研ぎ屋だ。舟だってなんとか水軍流の名人だろ。おまえさんもその倅だ」

と乗合船の客たちが駿太郎に励ましの声をかけてくれた。

「はい、油断しないで大川へと漕ぎ上がります」

と応じた駿太郎はひと漕ぎひと漕ぎ蛙丸を進めていった。

二

龍閑川は日本橋川から分岐し、神田堀、神田八丁堀、銀(しろがね)堀の別名でも呼ばれる運河だ。北東に流れて、小伝馬町牢屋敷の裏手を抜けて橋本町で直角に東南へと曲がり、古着屋の集う富沢町や元吉原を横目に永代橋上流の大川に合流する。龍閑川の始まり、御堀と接した龍閑町と本銀町に架かる橋が龍閑橋だ。

夜半九つ、小籐次は腰に次直の一剣を落とし差しにし、破れ笠を被って、橋の袂の柳の木の下に潜んでいた。笠の縁に竹トンボが二本差し込まれていたが風が吹くと、音も立てることなく回った。

御堀の向こうに越前福井藩松平家三十二万石の江戸藩邸が石垣の上に見えた。一方、御堀を挟んでこちらは町屋だ。

遠くで犬の鳴き声がした。

小籐次はクロスケやシロがどうしているか、望外川荘の暮らしを想った。

この数日、小籐次は望外川荘にも新兵衛長屋にも立ち寄っていない。

いや、時に新兵衛長屋に難波橋の秀次親分の手下の銀太郎を覗きに行かせていた。偶さか国三が新兵衛長屋に立ち寄ったのを見た銀太郎は、駿太郎が国三に言づけた布包みを人知れず持ち帰ってきた。ために龍閑橋に深夜に潜む羽目になった。

南町奉行所の定廻り同心近藤精兵衛は大番屋で、鼠小僧次郎吉一味に襲われて刺殺された二つの骸を小籐次に見せた。ふたりとも一味に押し入られた大店の奉公人で、別々の店に勤めていた。突き傷はどちらも細身の直刀で、迷いなきひと突きだった。

小籐次は傷もさることながら、二人の表情が似ていることに気付いた。恐怖というより、ほっと安堵した顔を見せていた。

「赤目様、鼠小僧を名乗る者はこれまでに押込み強盗の際、ここにある骸二体を含めて四人以上を殺したと火付盗賊改は見ております。最初と二番目の犠牲者の骸は火付盗賊改がわれらより先に手をつけましたで、骸はあちらにあります。それがし、火付盗賊改に願って骸の傷を見せてもらいました。それがしの見立てでは、このふたりの骸の傷とは別人の仕業と思えます」

とふたつの骸を前に近藤同心が小籐次に説明した。

「近藤どの、そなたが判断したようにこちらのふたりの傷は同じ手の者の所業であろう。わしは、火付盗賊改の元にあるふたりの骸の傷を見てないでなんともいえん。そなたの判断に従うしかないな」

「迷いなき刺し傷から見て、赤目様、この者、剣術の心得があると見てようございますな」

「うーむ、このふたりは同じお店の奉公人ではないというたな」

「いかにもさよう。押し込まれた日もひと晩違いにございます。火盗改の手にある骸ふたつは斬り傷にございました」

「これまで鼠小僧次郎吉と称する一統が強盗に押し入り、かような突きで殺したのは、この二人だけかな」

「はい、この十日余りに四軒の大店に押し入り、番頭や主を縛りあげ、奉公人に内蔵まで案内させて錠を外させる手口で、このふたりはその場で刺殺されております」

「武士とは言い切れぬが、間違いなく剣術の心得を持つ者の仕業であろう。例えば浅草奥山などで刀の技を見世物にする芸人であっても不思議はない。じゃが、わしの勘では、浪々の武芸者かのう。この二人の背丈は五尺六、七寸と見た。賊は用事が済んだと思い主や番頭が振り向いた刹那(せつな)に迷いなき一撃で刺殺した、と思える」

「と、申されますと」

「推量ゆえあてにはならぬ。この者たち、なぜ恐怖の顔付きではないのか、と思ったのだ。人殺しもなす鼠小僧次郎吉一統が押し入ったのじゃぞ。死の恐怖など感じ得ぬ前に刺殺されたのではないか」

　小籐次の言葉に近藤同心が、

「われらもこの顔を訝しく考えておりました。振り向かせた一瞬に刺すのはやはり剣術の心得がある武芸者でしょうな」

「数多鼠小僧次郎吉を名乗る盗賊一味がおるな、この刺殺技を持つ盗賊が加わったのはいつのころからだ」

「火盗改の二件のあと、数日後と思えます」

「ということは突き技を得意とする者が鼠小僧と称する一派に加わったのはつい最近じゃな」

「いかにもさよう、それがしはそう見ております」

「江戸の者たちは鼠小僧次郎吉を義賊というておるようじゃが、かような所業をしても未だ、押込強盗めらを義賊と申すか」

「押し入ったお店には、例の如く『鼠小僧次郎吉参上』などと襖や蔵の戸口に大書しておりますが、書跡もばらばらにて、最近では裏長屋などに盗んだ銭を投げ込むことも少なくなっております」

　と近藤同心が苦々しく言い切った。

「北町の見習与力岩代壮吾どのが手柄を立てたと聞いたが、その者はこの一連の押込強盗と関わりがないのかな」

「赤目様と関わりがございませぬか」

「わしが鼠小僧次郎吉一味と関わりがあるというか」

「いいえ。それがしの勘に過ぎませんが、岩代壮吾どのの手柄の手助けをなされたのではないかと」

「思うたか。関わりはないな。ここのところ南町と同じく北町も非番月であれなんであれ、この鼠小僧の騒ぎの探索にあたっていよう。岩代どのが捕まえたのは、この一連の刺殺をやらかす一党とは違う者か」

「この者、元祖鼠小僧と関わりがあるとかないとか。元祖の鼠小僧に逆らって盗みにあたり、あくどい所業をなして追放された永松五郎次（ながまつごろうじ）と申す元御家人じゃそうな。元祖の鼠小僧次郎吉の配下かどうか、岩代壮吾どのは首を傾げておりました」

と言った。

子次郎が岩代壮吾に情報を与えて手柄を立てた一件で、子次郎とは縁のない「鼠小僧次郎吉」一味と小籐次は承知していた。

「また永松五郎次一味は三人ほどで、南町がふたりを捕縛し、もうひとりはどうやら江戸の外に逃れたようで、岩代どのは、『手柄というても中途半端だ』と悔しがっておりました」

「こう次から次と鼠小僧次郎吉を名乗る者どもがあらわれると、わしが研ぎ仕事に戻れるのは、いつのことだ。近藤どの」

「赤目様、最後の鼠を捕まえて獄門台に載せるまでお付き合いくださいませんか」

と近藤から願われ、小籐次はなんとも複雑な気持ちだった。

そんな折、子次郎からの文が届いたのだ。

(なにがあったのか)

そして、あやつの隠し武器をだれが手入れしたのだろうかと思案した。そしてこの研ぎ方は駿太郎だな、と考えた。つまり子次郎は自分の武器を研ぐという名目で駿太郎に近づき、わしに連絡をつけようとしたのか、と推量した。

龍閑橋を渡る夜風が揺れた。

黒衣の着流し姿の子次郎が小籐次の傍らに立っていた。

「わしになんぞ急用か」

「へえ、手助けをして頂きたいのでございますよ」

「子次郎、そのほうもそれがしが南町に手助けしているのは承知であろう」

「へえ、近藤の旦那は赤目様の古い馴染みの定廻り同心でございましたな」

「それを承知でなんぞ手伝えというか」

「へえ」

「説明してみよ」

二人は柳の木の下に隠れ潜んで話をしていた。辺りに人影があれば、気付かぬふたりではない。

「わっしには手下がいないことを承知ですよね」

「ただし小伝馬町で同房にいた者を仲間として使うことがあったな。高尾山でもその者が江戸との往来をしてそのほうに動静を伝えた」

「この者、七里走りの充吉といいまして、一刻に七里を走ると自慢しています。この充吉の弱みが博奕でございましてね、わっしと牢屋敷であった折も賭場で捕まり、百叩きでわっしと同じ頃に牢屋敷から放逐された仲間でさ。この充吉が火付盗賊改にとっ捕まりましてね、厄介なことになっていますので」

「子次郎、わしを火盗改と噛ませようという所存か」

「へえ」

子次郎は平然として小籐次の問いに答えた。

「なんぞわしに都合よきことがあるか」

「わっしの名を騙る輩の頭目をお渡しできるかと思います」

「そなた、北町の見習与力岩代壮吾どのに鼠小僧を名乗る輩を渡したな」

「ありゃ、大したタマではございませんや」

「それでも岩代どのは手柄を立てたではないか。ならば火盗改にこたびの輩のことを報せれば充吉はそなたのもとへ戻ってくるのではないかな」

「赤目様も火付盗賊改を承知でございましょう。町奉行と違いましてね、約束となんて一切無駄ですよ。都合のよいところだけ持っていきやがって、こちらの望みは叶えてくれませんでね」

小籐次はさもあらんと思ったが黙っていた。

「充吉は火付盗賊改の御用屋敷の牢に放り込まれていよう。町奉行の与力・同心でもなかなか入れぬと聞いておる。この年寄りにどうしろというか」

「へえ、充吉が捕まっているのは御用屋敷の牢ではございません」

「なに、火盗改に別の牢があるか」

「この界隈の土蔵に充吉は捕われておりましてね」

「火盗改はさようなことまでなすか」

「いえ、火盗改ふたりの仕業でさあ」

「火盗改の名はなんという」

「与力小菅文之丞と同心琴瀬権八」

「…………」

「ついでに申し上げておきます。わっしと赤目小籐次様の間に付き合いがあると睨んで充吉を捉えて、私牢の土蔵にこの二日余り放り込んで牢問いを加えておりましてね、さすがの充吉も苦しゅうございましょうな」

小籐次は長いこと沈思した末に、

「案内せえ」

と命じた。

子次郎は小籐次を龍閑橋から一つ下の乞食橋へと河岸道を案内し、下級の旗本と御家人が住まいする武家地を抜けた永富町の一角に連れていった。

「これから参る長屋と土蔵は、醤油味噌油を手広く扱う上総屋亮右衛門の持ち物でしてね、店は少し離れた場所にございます」

永富町の路地に連れ込み、

「この裏地が上総屋の持ち物でして、長屋では最前まで小菅と琴瀬が女を連れ込んで飲み食いしていましたが、四つ（午後十時）過ぎに小菅が屋敷に戻り、長屋には琴瀬権八が、土蔵には子分の弐之吉がおりやす。琴瀬は最前まで女と乳くりあっていたんで、この刻限は寝込んでおりやしょう」

「まずは土蔵の充吉を助け出すか」

「へえ」

と子次郎が返事をして長屋の木戸口に近い格子戸を手で差した。つまりここが火付盗賊改与力と同心が小者を住まわせているという上総屋の長屋であろう。

子次郎も小籐次も夜風に身を溶け込ませるようにして奥へと進むと、本来醬油味噌油などを入れてあるという土蔵が見えた。

土蔵の外扉に錠はかかっていなかった。内扉は中から錠前が掛かっていたが、子次郎はどこに持参していたか口に種火を咥えると錠前に手造りの鍵のようなものを差し込み、しばらく格闘していたが、錠前が開いた微かな音を小籐次は聞いた。

さすがに元祖鼠小僧を名乗るに相応しい鮮やかな技を見せてくれた。

子次郎が静かに扉を開くと、土蔵の奥に小さな灯りが見えた。

小籐次は破れ笠から竹トンボを抜くと手にした。子次郎は、手造りの鍵を懐に仕舞い、小さな火を吹き消した。

この微かな動きに反応したか、奥で人が動いた気配があった。

土蔵には表から奥が見えないように上総屋の品が乱雑に積んであった。

子次郎と小籐次のふたりは土蔵の奥へと進んだ。すると小さな鈴の音が表の長屋の方角でした。

土蔵の奥に蠟燭が一本立てられ、その灯りで衣服は破れてざんばら髪で血まみれで、手足を縛られた男が床に転がされているのが見えた。充吉だろう。

その傍らに火盗改小者の弐之吉と思われる男が匕首を充吉の首筋に突き付けていた。

「やはり来やがったか、鼠小僧め」

という声を小籐次は子次郎の体の背後に隠れて聞いた。充吉の言葉から子次郎ひとりと思っているようだった。

「おおさ、その者はいま流行りの有象無象の鼠小僧次郎吉一味と関わりがないぜ。いくら火付盗賊改がなにをしてもいいといっても、小者の弐之吉なんぞに許されるはずもねえ牢問いをやりやがったな、縄をその匕首で切り放ちねえ」

「近づくんじゃねえぞ。こやつの首を刺し貫いて龍閑川に投げ込んでも、だれもなにも思わねえよ」

と言ったとき、小籐次は土蔵の外に殺気が走るのを感じた。

不意に子次郎の背後から顔を覗かせた小籐次が指を捻(ひね)って竹トンボを飛ばすと、竹トンボが弐之吉の匕首を持つ手首を斬り裂き、

「あっ」

と叫んだ弐之吉が匕首を取り落とした。

「こやつの始末、そなたに任す」

と言った小籐次は土蔵の入口へと引き返した。すると表から提灯の灯りが土蔵に飛び込んできた。

琴瀬権八が寝間着の腰帯に刀を差している姿があった。

一瞬早く小籐次は琴瀬同心から見えない土蔵の荷の陰に身を潜めた。そして、土蔵と長屋の部屋は紐で結ばれて鈴がつけられ、土蔵で緊急の事態が起こったときには知らせる仕組みで、琴瀬が土蔵に飛んできたなと思った。それにしても、

(火盗改の与力・同心め、いささか職務を逸脱しおったな)

と小籐次が考えたとき、

「弐之吉、どうした」

と琴瀬同心が声をかけた。

土蔵の中には上総屋の荷が積んであって入口から奥は覗けなかった。

「琴瀬様、野郎が姿を見せやがった」

痛みを堪えた弐之吉が叫んだ。

「元祖鼠小僧か」

「そ、そやつだけじゃねえ」

「だれだ」

「酔いどれ小籐次だ」

「な、なに」

琴瀬権八も赤目小籐次が隠し御用部屋に姿を見せようとは考えていなかったようだ。

「奴は南町にとっつかまって、こちらまで手が回るとは思えねえ」

と言いながら琴瀬が土蔵の中に踏み込んできた。

「琴瀬権八、いささかやり過ぎたな。火付盗賊改の名を借りてこの土蔵で調べもせずに何人始末したな」

と小籐次が琴瀬の前に姿を現した。

「おのれ、酔いどれ爺が」

と言いながら琴瀬が提灯を放り投げた。

琴瀬が寝間着の腰に差した豪剣を抜き打つのと、小籐次が次直の刃を踏み込みながら横手に流したのが同時だった。

琴瀬の刀は刃渡二尺六寸四分余もあった。それに比べて小籐次の次直は二尺一寸三分、五寸余りも短かった。小籐次が琴瀬の内懐に入り込んだ分、短い刀身の次直の鋩（きっさき）が琴瀬の太い喉元を斬り上げたのが素早かった。

「うっ」

と琴瀬が漏らし、立ち竦（すく）むのと土蔵の奥から弐之吉が絶叫するのとが同時だった。

小籐次は琴瀬が投げた提灯の火が油樽で燃え上がったのを見た。そんな中で琴瀬の巨体が、喉元から血しぶきを上げて、どさりと土蔵の床に崩れ落ちた。

「子次郎、急ぐのじゃ、蔵に火が走った」

と奥に呼びかけると子次郎が縛られたままの充吉を抱えて姿を見せた。

「弐之吉をどうした」

「へえ、口は塞ぎました」

と応じた子次郎が痙攣する火付盗賊改同心琴瀬権八を炎の灯りで見た。

小籐次と子次郎は、阿吽の呼吸で琴瀬と弐之吉の口を塞ぐしか充吉を助ける方策はないと考えたのだ。

小籐次は琴瀬の提灯によって燃え上がった土蔵の炎を消すのはもはや無理だと思った。

「子次郎、この長屋は表口しかないか」

「いえ、土蔵の裏から一間余の堀が龍閑川に通じていまさあ」

というと充吉を担いで土蔵から飛び出し、小籐次が内扉と外扉を閉ざして子次郎のあとに従った。

「火事じゃ、上総屋の土蔵が火事じゃぞ」

と小籐次が叫んで知らせ、堀に止められた小舟に子次郎が飛び込んだ。舫い綱を解いた小籐次が竿を使い、龍閑川の方角へと小舟を進めていった。

その間に子次郎が充吉の縄を切りながら、

「充吉、しっかりしねえ」

と鼓舞した。

龍閑川に出たとき、半鐘が鳴り出した。

小籐次は土蔵だけで火が収まるだろうと踏んだ。

「充吉をどこへ連れていけばよい」

「へえ、元吉原近くの竈河岸に小舟を向けてくんねえな。そこにね、町奉行所に知られたくない切り傷なんぞを治療する闇医師がいるんでさ」

と子次郎が充吉の縛められた縄を小刀で切り裂いた。

「相分かった」

小籐次は小舟を橋本町に向けて竿を差していった。

三

二日後、小籐次は近藤精兵衛から手札をもらって御用聞きを務める難波橋の秀次親分の家にふらりと寄った。折から定廻り同心の近藤もいた。いや、近藤同心がいることを承知して、小籐次は立ち寄ったのだ。

「赤目様、一体全体どこへ雲隠れしておられたので」

と秀次が驚きの顔で見た。

「ちと忙しくてな」

「忙しいたって、久慈屋にも新兵衛長屋にも望外川荘にもおられますまい。まさか旅に出ておられたわけではございませんよね」

「親分、なにかあったか」

「火盗改同心と小者が焼き殺されたてんで、江戸は大変な騒ぎですぜ」

「ほう、焼き殺されたとな」

と小籐次が言ったところで近藤同心が秀次親分の子分や小者たちを部屋から追い払った。

「秀次、あの騒ぎに酔いどれ様が絡んでいたらどうなる」

近藤がしばし沈思した末に言った。

「えっ、赤目様が火盗改同心と小者を焼き殺したってんですかえ」

「おれたちより、なぜ火付盗賊改が上総屋の土蔵に早く姿を現したと思うな」

「それですよ。いまも上総屋を火盗改が抑えていますよね。なぜ手早いか、みんな首を捻ってますぜ」

「その曰くを赤目様が説明してくれようぜ」

と近藤同心が小籐次を見た。

「ううーん、近藤どの、わしも人の噂しか知らんでな」

「まず、その人の噂話を聞かせてもらいましょうか」

「ならば聞いてもらうか」

と前置きした小籐次が、あの夜上総屋の長屋と土蔵で起こったことを噂として大雑把に告げた。むろん火盗改与力小菅文之丞も関わっていることは告げた。

「となると、焼け死んだのは未だ姿を見せない火付盗賊改同心琴瀬権八でしたか」

「琴瀬の上役小菅文之丞と上総屋の長屋を借り受け、まるで己ら専用の火盗改御用部屋、土蔵は自分らの牢屋のように使っておったそうな」

「となると、火付盗賊改の長官松平忠房様もこの二人の名も小者の名も公にできませんな」

「できまいな。ということは上総屋の土蔵の火事は失火ということで、二人の仏さんは身許不詳となるかのう」

と小籐次が他人事のように言った。

「となりますと、赤目小籐次様の役目はどのようなもので」

「親分、それがしは人の噂を話しただけだ」

「それだけで何日も行方知れずですかえ」

「まあ、そんなわけだ」

「秀次、親分にこれまでいうていないが、さるところから聞いた話では、土蔵のふたりの死因はな、腕のよい遣い手の刀傷だっていうぜ」

と近藤が小籐次を見た。

「ほう、それは初めて聞きますな」

「赤目様、それがしの勘では酔いどれ様はあの場におられたと思いますがね。火事の直後に龍閑川を小舟が急ぎ下っていったのを見た者がおるそうな」

「それも初耳」

「ともあれ、火付盗賊改の与力・同心が絡んでいるのは、町奉行所でも口にはしないがおよそ承知のことだ。長屋で夜な夜な女を呼んでの乱痴気さわぎ、長屋じゅうの住人の口は塞げないやな。知らぬ振りの町奉行はひとつ火付盗賊改の長官に貸しをつくったということで、事が終わるんじゃございませんか」

「近藤様、土蔵のなかでなにが起こったか、真相というやつはなしですかえ」

と秀次が近藤に念押しした。

「赤目様、噂話で焼け死んだとおっしゃる火盗改同心と小者を相手にしたのは、どなたかおひとりですかえ。それとも助っ人がいた」

「さあてどうかのう」

と小籐次がとぼけた。

「となると、真相は曖昧、町奉行が火盗改に貸しをつくった、それだけですかえ、この話」

と秀次が近藤の言葉を繰り返し、小籐次を見た。

「ということになるかのう」

と応じた小籐次がしばらく間を置いた末に、

「近藤どの、表火之番なる役職を承知かな」

と話柄を変えた。

「表火之番、ですか。少禄の御家人が勤める役職の一つではございませぬか。職名どおり、城中において火災の警戒にあたるのが仕事でしたな。目付支配下焼火間で役高は七十俵。定員は三十名、十人で一組をなし、それぞれ交替で夕刻の六つ（午後六時）から翌朝の七つ半（午前五時）まで、城内を巡回する役職で退屈極まりないと聞いています」

南町奉行所の定廻り同心の近藤精兵衛の縄張りは町屋だが、城内の役職についてもそれなりに詳しかった。少禄の御家人の騒ぎなどを扱わざるをえないこともあったからだ。

「わしもつい最近聞かされた。なんでも黒鍬組頭や台所番よりこの表火之番へ、そこから火之番組頭へと昇進する場合が多いそうな」

小籐次と近藤の問答に秀次親分が、

「お城務めで七十俵ね、実入りは少なく奉公は退屈ですかえ」

と、なんの話だという顔で応じた。

「秀次、酔いどれ様がかような話を始められた折は、なんぞ意がある。何年付き合っておるのだ」

と近藤が注意を喚起し、

「おっと、近藤様、確かにそうでございました。で、話の先はなんですね、赤目様」

と秀次が促した。

「十人一組交替制で夜番を務めた次の日は休みだ。この者たちは水戸様の江戸藩邸の西側の大縄地にまとまって住んでおる。女房などは内職に精を出すのが並みの暮らしであろうな」

「まあ、そうでございましょうな」

と形ばかり相槌を打った秀次に、

「黒鍬組より表火之番になった者に井筒鎌足なる頭分がおるそうな」

うむ、と秀次が小籐次を見た。小籐次が素知らぬ顔で続けた。

「ただの火之番ではなさそうな」

「元の出が黒鍬組、十人が身内以上の間柄で夜勤明けは丸々休みときた。まさかって話ではございませんよね」

「井筒の三男坊八十吉が金座のかたわらの本両替町、両替商錦木宗右衛門方の三番番頭を務めておる。つまりどこぞのお店が裕福で、どこぞの大身旗本は借財だらけなんぞすべて承知だ。ついでに付け加えると井筒配下の者たちの女房どのは内職はなし、芝居だ、川遊びだと興じているそうな」

「おおー、こりゃ、てえへんだ。まさかただ今流行りの鼠小僧次郎吉の元締めが表火之番の井筒鎌足、話の出所が両替商の三番番頭、実際に押込強盗を働くのが十人組ということですかえ」

「厄介な相手だ。この先は近藤の旦那と秀次親分が詳しく調べられよ」

へえ、と秀次が返事をしたが、近藤はなぜか沈黙したままだった。

「なんぞ不審かな」

「この一件、上総屋の土蔵の火事と関わりがございますかえ」

「うむ、あるようでない。いや、ないようであるか。その程度の関わりだ」

小籐次にこの情報をもたらしたのは、元祖の鼠小僧の子次郎だ。子次郎が表に出るのはなんとしても避けねばならなかった。

「赤目様が申されるように相手が相手だ。こやつらが仕事をやる店がはっきりとした場合、赤目様、お手伝い願えませんか。この話、上総屋の土蔵の焼死体、いえ、斬殺された、ふたつの骸と関わりが少しでもあるとなると、こちらもやはり表に出せねえ。さすれば、南町のだれの力も借りられませんや」

と近藤が小籐次に乞うた。

「致し方あるまいな。だが、いつまでもあとへと尾を引くのは困るぞ」

「へえ」

と秀次親分が返事をした。

何日ぶりであろう。

小籐次は駿太郎をアサリ河岸の桃井道場に送り、蛙丸を漕いで芝口橋際の久慈屋に向かった。

「おお、本日は赤目小籐次様のご入来でございますか」

荷運び頭の喜多造が声をかけてきた。

「長いこと駿太郎だけに仕事をさせて申し訳ござらぬ。本日から研ぎ仕事をせっせと相務めるでお許しあれ」

と願うと、蛙丸を船着き場にしっかりと舫い、久慈屋の店先に立った。するとそこには一つだけ、おそらく駿太郎の研ぎ場であろう座が設けられていた。が、

「おはようございます」

と挨拶した見習番頭の国三が手際よく小籐次の研ぎ場をも設えた。帳場格子には大番頭の観右衛門がすでに座していた。

「おはようござる、大番頭どの」

「南町のほうは目処が立ちましたかな」

と観右衛門が曖昧な表情で質した。

「いや、すべて解決したというわけではござらぬが、この数日はわしの出番はなさそうでな、少しなりとも仕事をせぬと望外川荘から叩き出されそうじゃ」

と小籐次の真剣な声音を聞いた観右衛門が笑い出し、そこへ三和土廊下からお鈴が淹れたての茶を運んできてくれた。

「お鈴さんや、わしだけに格別茶を供するというのは、しっかりと眼を覚まし、仕事をせよということかのう」

小籐次の言葉にお鈴も笑い、

「なにやらいつもの赤目小籐次様と違うようですね」

「そうか、そうかのう。あちらこちらに迷惑をかけておるでな、自分でも卑屈になっているのがよう分かる。ご厚意じゃ、茶を喫して心身ともにしゃっきりとさせよう」

と言った小籐次が盆の茶碗をとり、芝口橋の往来を見ながら一服喫した。

「おお、酔いどれ様よ、病は治ったか」

と通りがかりの職人が声をかけてきた。

「わしは病で伏せっていたわけではないぞ」

「そうかねえ、他人様に願われると断り切れねえ厄介病、いや、親切病にかかっていたのではないか」

と道具箱を肩に担いだ別の職人が追い打ちをかけた。

「こたびの病の出所はどこだ。どうせ鼠小僧次郎吉と称する輩を退治するために働いていたんだろうが。事は終わったか」

「いや、わしは一介の研ぎ屋爺、さようにお役人衆から声がかかることはない」

「ならば、おりょう様の傍らでのうのうと過ごしていたか」

「ううーん、そういうわけでもない」

と言葉を濁した小籐次に、

「赤目様よ、おれの親父と同じ歳といっていい酔いどれ様だぜ。いつのご時世も悪たれがいるのは変わりねえや。赤目様がそうそう汗を掻くこともねえよ。ほんとうの病に倒れかねないぞ」

と職人が心から小籐次の身を案じてくれた。

「お言葉、肝に銘じておく」

「冗談じゃねえぜ、研ぎもよ、駿太郎さんに任せて赤目様は傍らに静かに控えていなせえ」

と言い残すと普請場に向かってふたりの職人が芝口橋から去っていった。

小籐次はその背に一礼し、手にした茶碗の茶を喫した。

「赤目様、私どもだけではのうて、江戸じゅうの方々が心配しておられるのです。

若いうちは無理もききましょうが、やはり最前の職人衆が申されるようにときに望外川荘でのんびりなさることですね」

いつの間に帳場格子に座したか久慈屋の八代目が職人との問答を聞いていたとみえて、言った。

「おお、昌右衛門どの、なんとも言い訳のしようもござらぬ」

と頭を下げた小籐次に、

「今日一日はうちからどこぞへ出かけてはなりませぬぞ」

と観右衛門も注意した。

「相分かった。だれに呼ばれようと研ぎ仕事に専念致す」

小籐次が茶を喫し終えた様子に国三が、

「茶碗を頂戴いたします」

と手を差し出した。

「なにやらわしは新兵衛さんにでもなった気分じゃ。国三さん、新兵衛さんは毎日仕事をしておられような」

「はい、朝は冷えるようになってきましたのでお麻さんが家に引き留めておられますが陽射しが出ますと、仕事をしておられます」

「そうか、赤目小籐次、新兵衛さんに名前ばかりか研ぎ仕事も乗っ取られたか」

と呟き、

「研ぎの注文はきておるかのう。駿太郎が朝稽古を終わるまでに少しくらい仕事の真似ごとでもせぬとな」

と国三に願うと、

「赤目様の分は十分溜まってございます。ただ今持参します」

と茶碗を手に三和土廊下に姿を消して、こんどは布に包まれた研ぎ注文の道具をひと抱え運んできた。

足袋問屋京屋喜平（きょうやきへい）の道具ばかりだ。

駿太郎も職人頭円太郎（えんたろう）の厳しい注文は承知で、小籐次の研ぎ分に手をつけなかったのであろう。

小籐次はいくつもある道具の手順を決めて仕事を始めた。最初こそなんとなく研ぎに力が入っていたが、段々と体が動きを思い出したか、滑（なめ）らかな動きが甦ってきた。こうなると小籐次は、ひたすら砥石と刃物に任せれば手がかってに動いていく。

どれほどの刻が過ぎたか。

研ぎ場の前に人影が立った。

駿太郎にしてはいささか早いと思った。

「酔いどれの旦那よ、久しぶりの研ぎ姿だな」

と声をかけたのは読売屋のなんでも方、ほら蔵こと空蔵だ。

「なんぞ用事か」

顔も上げずに問うた。

「ないことはない。いや、ある」

と空蔵が言い切った。

小籐次は研ぎの手を休め、空蔵を見上げた。すると空蔵が小籐次の前にしゃがみ、

「火付盗賊改の与力がひとり密かに放逐されたぜ」

と小声で言った。

「ほう、それがわしに関わりがあるというのか」

「与力小菅文之丞、と聞いてもおめえさんと関わりがないというのか」

「知らぬ間柄ではないな。とはいえ、わしと深い関わりがあると言い切れるかどうか」

「おりゃ、読売屋だぜ。早耳の空蔵と世間で評されている仕事師だぜ」

「読売屋のほら蔵という呼び名は聞いたことがないではない。早耳の空蔵とは初めてだな」

「味噌醤油問屋上総屋の土蔵の火事、おめえさんが一枚嚙んでいるんだろ」

「わしは研ぎ屋でな、火付けとは縁がない」

「その研ぎ屋がこのところ倅の駿太郎さんに仕事を任せて行方がしれなかったな」

「だからといって、さような剣呑な火付けに関わるものか」

「そうかねえ。火盗改を放逐された小菅文之丞、赤目小籐次だけは許せねえと言っているそうだぜ」

「わしは恨まれる覚えはないがのう」

「あやつの手下、琴瀬権八を始末したのがおめえさんだと吹聴しているとよ。気をつけな、あのふたり、同心だった琴瀬が剣術の遣い手と仲間内で評判だったよな、おれの聞き込んだところでは、一見世の道理が分かったような面をしている小菅の鹿島神道流は、空恐ろしいほどの凄みだとよ。それにあいつの剣術はどんな汚い手でも使うそうだ。望外川荘におりょう様、お梅と女ふたり残すのは剣呑だぜ」

と小声で伝えた空蔵が小籐次の前から立ち上がり、久慈屋の帳場格子に会釈すると、すいっと姿を消した。

小籐次はしばし黙然と考え込んで思い出した。


未明、小籐次が久しぶりの望外川荘の庭に立ち、

(なにをなすべきか)

と漠然と想いを巡らしていたが、なんの考えも浮かばなかった。そんな風に無為な時に身をゆだねていると駿太郎が独り稽古に姿を見せた。

「おや、父上もお帰りでしたか」

「わしの他に帰ってきた者がおるか」

「子次郎さんが隠し部屋に寝ておられました」

「ふーん、あやつものう」

と応じたことを思い出していたのだ。となると望外川荘には子次郎がいることになる。またクロスケもシロもいた。まず本日は大丈夫であろうと小籐次は、研ぎ仕事に出かけることにした。

「父上、遅くなりました」

と声がして駿太郎が研ぎ場に座した。すでに久慈屋の面々とは挨拶を終えた様子だ。

「遅くなった曰くがあるか」

「はい。今朝の稽古には珍しく岩代壮吾さんもお見えでした。私と壮吾さんが打ち合い稽古をしていると、壮吾さんが不意に竹刀を引かれました」

駿太郎が見ると見知らぬ黒羽織の武士がふたりの稽古を見ていた。

「おや、火盗改与力小菅どのも桃井道場に入門なされますかな」

と壮吾が言った。

それで駿太郎は黒羽織が火付盗賊改の小菅某と分かった。

「岩代壮吾、皮肉か」

「皮肉を申すほど暇ではございませぬ」

「そのほうすでに承知であろう。わしが火付盗賊改与力の職を解かれた上に放り出されたことをな」

「あの話、真でございましたか」

壮吾も平然とした口調で言い返した。

「赤目小籐次が時に桃井道場に指導にくるというでな、立ち寄ってみた」

「なんぞ赤目様に用事ですかな、小菅どの」

「いささか恨みがあってな」

と小菅は駿太郎が小籐次の倅と知ってか知らずか言い放った。

「小菅どの、ただ今の言葉聞かなかったことにします。もし万が一、赤目様の身内に悪さをなさる心算ならば、北町奉行見習与力岩代壮吾、黙ってはおりませんぞ。そなたはもはや公儀の役人ではない。黒羽織を着ておられても浪々の身ということをお忘れなきように」

「……壮吾さんの言葉に顔を歪めた小菅様が道場から荒々しく出ていかれました」

と駿太郎が小籐次に言った。

空蔵の話は真であったかと小籐次は思いつつ、研ぎ仕事に戻った。

四

この日、小籐次と駿太郎はいつもより早い七つの頃合いまで仕事をしてキリのよいところで止めた。

研ぎ上がった京屋喜平の道具は駿太郎が届けに行った。すると役者風の客がいて、

「おや、親父の酔いどれ様は仕事に戻られたか」

と駿太郎に問うた。

「はい。長らく留守をして皆様にご迷惑をお掛けしましたが、今朝がたから久慈屋さんの店先で仕事をしております」

というところに職人頭の円太郎が出てきて、研ぎ上がった道具を改め、

「さすがに赤目様、あれこれと本業でもない頼まれごとをしても腕は少しも落ちてないな」

「父上は久しぶりの仕事に戸惑い、しばらくはいつものようにいかなかったようですが、その分はあとで研ぎ直しをしていたようです」

「ほうほう、酔いどれ様が本業に戻ったのはうちにはよいが、いつまで続くかのう」

「それが心配です。頼まれた用事は未だ終わってないようです」

円太郎と駿太郎の問答を聞いていた役者風の客が、

「世間は酔いどれ様に甘えておりますよ。天下の武人にして研ぎ師をなんと思っているんでしょうね」

というと注文の品を受け取って、

「駿太郎さん、酔いどれ様に身をいたわりながら望外川荘の暮らしを大事にしてくださいと伝えてほしい」

と言った。

「ありがとうございます。必ず伝えます」

駿太郎が応じて役者風の客が粋な仕草で京屋喜平の店を出ていった。

「内村座に出ておられる沢村春乃輔(さわむらしゅんのすけ)様ですよ。中通り(ちゅうどお)りの役者の中では一番手の芸達者です」

と問答を聞いていた番頭の菊蔵(きくぞう)が言い、

「皆さんにご心配をかけて申し訳ありません。本日は少し早めに父上といっしょに須崎村に戻ります」

「そうしなされ。本業以外で働き過ぎです」

と駿太郎を送り出した。

そんなわけで蛙丸に小籐次を乗せた駿太郎は新兵衛長屋には寄らず三十間堀から日本橋川へと向かった。

「駿太郎、独り蛙丸で内海から大川河口に出たか」

「はい、波が穏やかそうでしたので一度試みてみました」

「どうであった」

「なんとか大川河口に辿りつきました」

「内海とはいえ海波は、流れも単純な川とは違って複雑にうねるでな、慎重の上にも慎重を期すことだ」

「はい、わかりました」

この日は堀伝いに穏やかに蛙丸を進めた。

「おーい、駿太郎さん、仕事は終わったのか」

とアサリ河岸の桃井道場の河岸道からのどかな声がした。釣りをしているのは岩代祥次郎だ。

「父上が久しぶりに本業に戻ってこられましたから、今日は早めに終えました」

蛙丸の櫓を止めた駿太郎が言った。

「いつまで続くかな。兄者が赤目様は南町に捕まっておるとぼやいておったぞ」

と祥次郎が叫んだ。

小籐次は苦笑いした。

「どちらにしても早く鼠小僧一味が一掃されるといいですね。そしたら、祥次郎さんといっしょに釣り糸を垂れます。釣りを教えてください」

「駿ちゃんに教えることがおれにもあるんだ。ともかくさ、次男坊は暇だからな」

「なにが釣れましたか」

「めずらしくキタマクラが最前かかったな」

「きたまくらって魚なの」

「なに、駿太郎さんはキタマクラを知らないか。海の魚だが潮に乗って八丁堀まで上がってきたようだな」

「妙な名ですね」

「ふぐの親戚筋なんだよ、せいぜい四、五寸の魚でさ、縞模様の彩りが愛らしいが恐ろしいぞ。魚の皮に触るとえらい目にあう。知らずに触った人が死ぬこともあると聞いたことがある。ほら、死んだ人は北枕に寝せるだろ、だから、相模の三崎辺りでキタマクラと呼ばれているんだよ」

祥次郎は魚に詳しかった。

「へえ、キタマクラか、そんな魚がいるんだ」

「この界隈は海水が入り込んでくるからね、たまに引っかかるな」

駿太郎と祥次郎の問答を聞きながら小籐次は、同じ年頃の門弟がいる桃井道場に駿太郎を入門させてよかったとつくづく思っていた。物心ついたころから剣術の稽古に明け暮れ、釣りなどしてこなかった駿太郎を不憫に思った。

「さようなら、また明日ね」

「ああ、朝稽古で会おうね」

とふたりが言い合って駿太郎は櫓に力を入れた。

「よかったな」

と小籐次がぽつんと言った。

「父上、なにがよかったのですか」

「祥次郎のような友がいることがよ。そなたは、物心ついた折から周りは大人ばかりで、祥次郎のような子供と遊んだ覚えはなかろう」

「保吉さんやお夕姉ちゃんがいましたよ」

「じゃが、釣りをするような友はいなかったな」

「それはそうですが、今はいます」

「祥次郎らとの付き合いを大事にいたせ」

と小籐次が話を締めくくるように言った。

小籐次とそんな問答をしながら、父はどこか不安を胸に抱えているような気がすると駿太郎は思った。

「父上、望外川荘に子次郎さんはいますよね」

「いるとよいがな、話すこともないではない」

隅田川から湧水池への水路に入ったとき、クロスケとシロの切迫した吠え声がした。

「だれか訪ねてきているのかな」

駿太郎が呟いた。

「二匹があのような吠え方をすることは珍しい。駿太郎、急ぎ船着き場につけよ」

小籐次が言いながら、胴ノ間に置いた次直に手をかけた。

駿太郎が一気に蛙丸を船着き場に寄せた。

小籐次は、蛙丸が動いている間に船着き場に飛び上がっていた。

駿太郎も蛙丸をつけると杭に舫い綱を巻き付け、父に続いて湧水池の岸辺から望外川荘の楓林と竹林の道に飛び込もうとした。だが、咄嗟に望外川荘の裏手に向かう小道に回ることにした。小籐次が望外川荘の前庭に急ぎ向かったのだ、駿太郎は別の道で望外川荘に入り込もうと考えた。

小籐次は前庭に出て、望外川荘の訪問者が火付盗賊改の元与力小菅文之丞であることを悟った。

小菅は沓脱石の前に立ち、クロスケとシロが吠えていた。

「クロスケ、シロ、大人しくなされ。主の知り合いです」

と縁側に座したおりょうが二匹の飼い犬を諭していた。

おりょうがちらりと小籐次を見た。

「小菅様と申されましたか、わが亭主が戻って参られました」

その言葉に小菅が不意に背後を振り返った。そして、刀を抜くとおりょうの喉元に鋩を突き付けた。

「なにをなされますすな。そなたは火付盗賊改の役人であったお方でしょう。かような真似が良きことか悪しきことか、私がいう要もありますまい」

小籐次がゆっくりと二人の元へと近づいていった。

そのとき、お梅に長脇差を突き付けた男が土足のまま座敷に入ってきた。

火盗改の小菅と琴瀬権八が使っていた隠れ配下のひとりだろうか、風体から見て人を殺すことなどなんの迷いもない輩だ。

駿太郎は望外川荘の裏口から忍び込み、恐怖に五体を萎縮させたお梅と、隠れ配下と思しき男の手にした長脇差の刃を見た。駿太郎は草履を脱ぐとそっと台所の板の間に上がり、お梅の首筋に刃を突きつけた男の背後から間合いを詰めた。

駿太郎は孫六兼元の鯉口を切った。

その気配を感じ取った男が後ろを振り返り、

「酔いどれ小籐次の小倅か、動けばこの娘の喉首を突きとおすぜ」

と言い放ったのと、お梅が恐怖の声を上げたのが同時だった。

その瞬間、駿太郎と男の間に畳針のようなものが虚空を走り、男の長脇差を構える手首の甲に突き立った。

子次郎の隠し武器だ。

「うっ」

と唸った男が立ち竦んだ刹那、駿太郎が間合いを詰め、孫六兼元を一気に抜くと峰に返し、長針が突き立った腕を下から叩き上げた。

長脇差が虚空に飛び、駿太郎の二撃目の峰打ちが脳天を殴りつけてその場に転がした。

畳針のような飛び道具がひと役買って状況を大きく変えたことを沓脱石の前に立つ小菅も小籐次も見ていなかった。

「お梅さん、大丈夫ですか」

お梅は茫然自失していたが駿太郎を見て、よろよろと駿太郎の胸に縋って泣き出した。

「もう大丈夫です」

と十三歳の駿太郎がお梅の背を軽くたたきながら、小籐次と小菅を見た。

「小菅文之丞、なんの真似じゃ」

小籐次が穏やかな声で小菅に話しかけた。

「それがしと琴瀬権八、頼まれて火付盗賊改の役職に就いたのではない。命じられれば宮仕えの身には致し方ないことであった。そこでな、琴瀬と話し合い、金を貯めるのに火盗改の職を利用せぬ手はないと企てたのよ。鼠小僧の騒ぎは、われらにとってもっけの幸であった。あと三月もすれば、それなりの金子を貯めて上方辺りにしけこむ心算が赤目小籐次、そのほうの節介で企てがダメになったわ。琴瀬を殺したのは赤目小籐次、そのほうじゃな」

小菅文之丞の口調はこれまで小籐次が知る話し方とは違って聞こえた。

「琴瀬権八は、自らの行為で焼け死んだ」

「と、火付盗賊改は町奉行所の手前世間に思わせておろう。だが土蔵が炎に包まれたとき、すでに権八は酔いどれ小籐次に斬られて死んでおったのであろう、仲間が未だ火盗改におるでな、耳に届いた」

と小菅が言った。

「そなたひとりが生き残ったのだ。これまで貯めた金子を持って上方に逃げる気は起らなかったか」

「正直考えないではなかった。だがな、赤目小籐次に一本取られたまま逃げ出すのもなんとも無念でな」

「小菅文之丞、半端者の悪党ほど自らどつぼに嵌(はま)りやすいのは、火付盗賊改与力を務めたそなたが知らぬわけではあるまい。おりょうにかすり傷でもつけてみよ、そなたのそっ首、この赤目小籐次が即座に叩き斬る」

「それがしがむざむざと斬られると思うてか」

「小菅文之丞、そなた、乱暴な所業は同心琴瀬権八に任せて頭分として思案する役目と世間に思わせておるが、その実鹿島神道流の遣い手じゃそうな」

「ほう、知っておったか」

「どうだ、わしの来島水軍流と尋常勝負にて決せぬか」

「おりょうに傷を負わせるなというか」

と言った小菅が声を立てて笑ったが、おりょうに突き出した刀の鋩は微動もしなかった、力をわずかに入れればおりょうの喉は突き裂かれるであろう。

「赤目小籐次、そなた、研ぎの傍ら、町奉行の与力・同心を手伝い、功名を上げさせてきたようだが甘いな」

「甘いとはどういうことか」

「鼠小僧を名乗る押込強盗には、われらが知らぬ所業がいくつか加わっておる。こやつら、火盗改のわれらより巧妙な仕事をしおるぞ」

と小菅が言い放った。

（この期に及んでどういう意か）

その時、駿太郎がゆっくりと孫六兼元を手に縁側に現れた。

縁側のおりょうは絵を描いていたらしく絵具類がおりょうの周りに散らばっていた。手には未だ絵筆がもたれていた。

「小菅どの、母上に傷を負わせたら父上の次直と私の孫六兼元がそなたの体の表と裏から同時に刺し貫きます」

と確固とした口調で宣告した駿太郎が、

「父上、来島水軍流には『父子ふたり突き』なる技がございますか」

と質した。

「うーん、父子で相手する輩でもないがのう。試してみようか」

と小籐次が応じて、駿太郎が六尺余の鍛え上げられた体の両手で孫六兼元をゆっくりと構え直した。

小菅が駿太郎の動きを一瞬見て、

「赤目小籐次、それがしを殺したところで鼠小僧の所業は終わらぬわ」

と再び言った。

「小菅文之丞、案ずるな。そのほうの次は、表火之番組の十人を赤目小籐次が始末致す」

「やはり赤目、元祖の鼠小僧と手を結んでおるか」

「さあてのう」

と小籐次が応じたとき、おりょうが手にしていた絵筆が手首の動きだけで振上げられ、朱色の絵具が穂先から小菅の顔に飛んで、

はっ

と一瞬、小菅の注意が乱れた。

直後、駿太郎の孫六兼元が小菅の鍔を抑え、小籐次の次直が刀を動かそうとした小菅の背から心臓を突き刺し、

「仲間の琴瀬権八のもとへ参れ」

と言い放った。直後、

ふわり

という感じで子次郎が姿を見せた。

「赤目様、こやつら二人の他に仲間がおりましょうか」

「ひとりはすでに彼岸に旅立った。他に仲間がおるとも思えぬ」

「ならば、こやつの始末、わっしがいたしましょう」

といい、駿太郎が、

「どうなさるお心算ですか」

「こやつの骸が江戸府内で見つかるのは、町奉行所にしても火付盗賊改にしても厄介でしょう。わっしが承知の寺の無縁墓に放り込んで始末をつけます」

「子次郎さん、私にも手伝わせてください。蛙丸に小菅様と気を失っておる手下を乗せて、子次郎さんの知り合いの寺に参りましょう」

「助かります」

と子次郎がいい、駿太郎とふたり小菅文之丞の手足を持って船着き場に運んだ。すると百助が蛙丸の胴ノ間に筵(むしろ)を敷いて血で汚れないようにしていた。

「ありがとう、百助さん」

と駿太郎が礼を述べた。

そこへ小籐次が気絶している小菅の手下を小柄な肩に担いで平然と歩いてきた。

「赤目様」

と子次郎が驚きの声を漏らした。

「どうしたな」

小籐次が子次郎に問うた。

「いえ、赤目小籐次様は化け物ですかえ。自分では年寄り爺と申されながら、赤目様より大きな野郎の体を平然と担いでおいでです。呆れました」

「父上はまだまだ元気のようですね」

小菅文之丞の傍らに気を失ったままの手下の体を小籐次が転がした。すると百助がふたりの体に筵をかけた。

「おりょうやお梅の女衆に向かって卑怯な行いをなす輩は元火付盗賊改とて許せんでな。立腹すると力が湧いてきおるな」

「呆れた」

と子次郎が言い、小菅らふたりを乗せた蛙丸の艫に駿太郎が飛び移り、子次郎も乗った。

「子次郎、そのほうの知り合いの寺は遠いか」

「いえね、うまいことに小梅村にございましてね。一刻もあれば始末は終わりましょう」

「ならば願おうか。酒を用意して待っておる」

「へえ、駿太郎さんとふたりでこの者どもの始末きっちりとつけてめえります」

と言い切り、舫い綱を解き、船着き場を両手で押して蛙丸を岸から離した。

秋の宵が訪れていた。

駿太郎が櫓に手をかけて水路に向かった。

そんな蛙丸を小籐次と百助が見送った。


約束どおりに一刻後、真っ暗になった湧水池の船着場に駿太郎が漕ぐ蛙丸が子次郎を乗せて、戻ってきた。

そのことに気付いたクロスケとシロが嬉しそうに吠えて迎えた。さらに小籐次が船着場で、

「ご苦労であったな」

とふたりを迎えた。

「なあに大した話じゃございませんよ」

と子次郎が答え、

「父上、埋葬の代金は子次郎さんが払ってくれました」

「元祖の鼠小僧だ。その程度の銭はもっていよう」

との小籐次の言葉に、子次郎が、

「赤目小籐次様は、悪たれどもの始末もなされますか」

「始末をつけたのは子次郎、そのほうじゃぞ」

「へえ、確かにわっしと駿太郎さんが始末をつけましたが、背後に頭分の赤目小籐次様がおると思うから、心置きなく動けたのでございますよ」

と言った。

「手下はどうした」

「横川の業平橋際に泊まっていた荷船に転がしておきました。運がよければ辻番所の番人に見つからず朝の寒さに気がつきましょう。その折、赤目様一家相手に為した愚行を後悔しましょうな」

と子次郎が笑った。

「浄めの酒が待っておる」

と小籐次が二人を遅い夕餉の場へと誘った。

湧水池の周りで虫が集いていた。

「秋じゃのう」

と小籐次の長閑な声が船着き場に響いた。

第五章　三河の薫子

一

小籐次も駿太郎もいつもの習慣に戻っていた。

アサリ河岸の桃井道場の船着き場で漕ぎ方を代わり、駿太郎は朝稽古にでる。小籐次は独り蛙丸に乗り、久慈屋に行き、研ぎ場に座って仕事をした。

一方子次郎は気ままに望外川荘の駿太郎の部屋に出入りして、何日も帰ってこないときもあれば、駿太郎が朝目覚めると、傍らで寝ていることもあった。

また江戸から鼠小僧次郎吉を名乗る押込強盗が急に減っていた。だが、それが絶えたわけではないことを駿太郎は承知していた。子次郎との付き合いは少なくとも、鼠小僧次郎吉と称する押込強盗がなくなるまで続くだろうと駿太郎は考えていた。

この日も駿太郎は朝稽古に出た。すると岩代壮吾がすでに稽古をしていた。

「おはようございます、岩代様」

「駿太郎、父上は未だ多忙かな」

「いえ、本日も久慈屋の研ぎ場にて仕事をしています。岩代様にはなんぞ変化がございましたか」

しばし考えた壮吾が、

「見習の二文字がとれたくらいかのう」

「おお、北町奉行所の与力に昇進ですか。おめでとうございます」

「赤目様親子のお陰で、岩代家の父と倅は与力を務めておると奉行所内で妬みの声が上がっておるそうじゃ」

「赤目家など一切関わりございません。妬まれるいわれはありません、岩代壮吾様のお力です」

「駿太郎の言葉を信じたいな」

と壮吾が笑みの顔で言った。

「父上も間違いなく同じことを申すと思います」

「あり難いことよ。このところな、急に鼠小僧を称する押込強盗が減ったのだ。なんとも不思議ではないか」

「いえ、不思議ではありません。岩代様方の御用のお陰でしょう」

「駿太郎、そなた、火付盗賊改の与力・同心のふたりが忽然と姿を消したことを承知しておろうな」

「えっ、さようなことがございましたので」

「真に知らぬのか、知らぬ振りをしているのか、どちらじゃな」

「全く存じませぬ」

と駿太郎が言い切った。

「元与力の小菅文之丞と元同心琴瀬権八が行方知れずになった件、赤目小籐次様が一枚嚙んでおると密かに囁かれているそうな。つまりふたりがこの世に居れば、火盗改にとって厄介極まりない。ゆえに酔いどれ様が口を塞(ふさ)いだという話が真しやかに広がっているという。同心の琴瀬権八といい、小菅どのといい、赤目様とは不倶戴天の敵であったそうな」

「ふぐたいてんとは、どのような意ですか」

「そなたと付き合うていると、わが愚弟の祥次郎と同じ歳ということを忘れてしまう。ひらたくいえば、父の仇は必ず殺すというほどの、憎しみ合った間柄というべきかのう。いつぞや道場で恨み辛みを述べたな」

「岩代様、あちら様は知りませぬが父にそれほどの恨みがあったとは思えません」

と言った駿太郎は母のりょうに刃を向けた小菅文之丞の険しい表情を思い出していた。

「そこよ。赤目様の行いは一筋縄ではいかぬ。心得違いの元火盗改与力と同心のふたりを消すことで、どなた様かが恩義を感じられることも考えられる」

「父上がさように複雑なことを考えられましょうか」

駿太郎が応じたとき、稽古着姿の年少組五人が道場に姿を見せて、

「ああー、兄者が先に道場入りしておるぞ」

と祥次郎が喚き、

「祥次郎、駿太郎がおるわ。今朝はあのふたりが打ち合いをなすぞ」

と清水由之助が言った。

「そうか、ふたりが木刀で打ち合おうと真剣勝負しようとわれら年少組にはかかわりないからな」

「祥次郎さん、私も桃井道場の年少組、それも新入り門弟です」

と駿太郎が応じて、

「それなんだよ、どうして駿ちゃんがおれといっしょの年に生まれたか、さっぱり分からない」

と祥次郎が首を捻った。

「祥次郎さん、兄上が見習与力から与力に出世なされたことを承知ですか」

「なんだって、うちには父と兄者とふたりも与力がいるのか。おれはいよいよどこにも行き場がないぞ」

と祥次郎が喚いて頭を抱えた。

「本日は出世祝いの稽古相手、赤目駿太郎が勤めさせて頂きます」

「おおー、やった。駿ちゃん、兄者が図に乗らぬようにぼこぼこに打ち据えていいぞ」

という祥次郎に壮吾が、

「駿太郎との打ち合いのあと、たっぷりと祥次郎、おまえの相手をするでな、逃げるでないぞ」

と言い放ち、駿太郎との打ち合い稽古が始まった。

久慈屋では小籐次がせっせと研ぎ仕事をしていた。かような折、最初に姿を見せるのが読売屋の空蔵だが、この日は空蔵どころかだれひとりとして小籐次の前に立った者はいなかった。

「八代目、どういうことでしょうな、赤目様がまるでうちの店頭におられぬようではございませんか。どなたも顔を見せられませぬ」

と大番頭の観右衛門が若い主の昌右衛門に質した。

「仕事が捗(はかど)ってよいではありませんか」

「それはそうですがなんとのう寂しゅうございますな」

「茶をお誘いするのは遠慮しましょうか」

と昌右衛門が奥座敷へ、観右衛門だけが台所に向かった。その間も小籐次はせっせと仕事を続けていた。

観右衛門が一服を終えたところに南町奉行所定廻り同心近藤精兵衛が難波橋の秀次親分も小者も連れずに久慈屋の裏口から訪れた。その旨を悟ったお鈴が、

「お茶の刻限を過ぎておりますが、赤目様をお呼びすればようございますか」

と近藤に問うた。

「お願いしましょう」

と応じた近藤同心の顔には濃い疲労の色があった。

お鈴が小籐次に幾たびか声をかけた。

「おお、お鈴さんか。そろそろ駿太郎が参る刻限かのう」

「少しお休みになったほうが宜しゅうございます。大番頭さんも台所でお待ちですよ」

と誘い、頷いた小籐次が仕事の手を休めて台所に向かおうとした。

「赤目様、ご心配なく。駿太郎さんが見えたら台所にお誘いします」

と国三がやり掛けの研ぎ場を見て目顔で告げた。

頷いた小籐次が三和土廊下から台所に向かうと観右衛門と近藤同心が何ごとか話していたが、ふたりが小籐次に視線を向けた。

小籐次は近藤の表情を見て、

（苦労しているようじゃな）

と察した。

「私は一服しましたでな、店に戻ります」

と観右衛門が台所の定席から立っていった。お鈴が心得て、

「近藤様もお疲れの様子、甘いものを用意しました。お二人でお召し上がりください」

と尾張町の甘味所紀文屋の名物最中を供した。

「ほう、これは美味(うま)そうな」

と小籐次が珍しく手を差し伸べて口に入れた。

近藤同心は黙って小籐次を見ていた。

「相手が相手じゃ、ふだんと探索が違おう」

と小籐次がそなたも食してみよという風に近藤に手で示した。

近藤は小籐次に命じられるままに最中を手にし、

「表火之番の井筒鎌足の配下ら、なかなか強(したた)かでございましてな、己は動かず小者たちをいかにも鼠小僧一味の仕事に見えるように操っております。それに井筒の三男坊の八十吉、用心深く押込み先を探っておるのか、店から決して動こうとはしませんでな」

「やつら、そなたらが察したことを悟っておるか」

「なんとなくですがそんな感じです。井筒鎌足も三男の八十吉も当分じっとして動きますまい」

と近藤同心が推量した。

「さような折は気長に待つしかない」

「なんぞ手はございませぬか」

と近藤が小籐次に願った。

「まずは紀文屋の最中を食されよ」

との小籐次の勧めで最中をひと口食した近藤が、

「上品な甘みでございますな」

と言い、黙々と食べ終えた。

「なんぞ知恵はございませんか」

と近藤が重ねて聞いた。

「表火之番相手には町奉行所の定廻り同心も打つ手がないか」

「当然、城内や大縄地にわれら町奉行所が立ち入ることなどございませんでな、なんとも手の打ちようがございません」

小籐次は沈思したのち、

「近藤どの、ここはやはりやつらとの我慢比べじゃ。わしもなにか考えてみるが耐えるときじゃ、あまり根を詰めて、焦るでないぞ」

と忠言した。

近藤精兵衛が小籐次に頷き返すと久慈屋の裏口から出ていった。

再び沈黙した小籐次が、

「駿太郎が参ったら一刻ほど出ておる、と伝えてくれぬか」

とお鈴に声をかけた。

「一刻でございますね」

とお鈴が念押しした。

「ただ今四つ半過ぎであろう。九つ半（午後一時）には必ず戻って参る」

「承知しました」

と応じたお鈴の顔が笑っていた。

「お鈴さんや、信じられぬか」

「はい」

「このところよそ様の頼みごとばかりで本業の研ぎ仕事はしておらぬでのう。お鈴さんが信じぬのも無理はないか」

「赤目様、私に言い訳は無用です。駿太郎さんが来る前にお出かけください」

小籐次は次直を手に近藤同心と同じく裏口から路地に出た。

赤目小籐次が訪ねた先は、八辻原（やつじがはら）に面した丹波篠山藩の江戸藩邸だった。小籐次の顔を見た門番が直ぐに玄関番の若侍に取り次いだ。

「恐縮じゃのう。しばしば御用の邪魔をして」

「赤目様は己のために動いておられぬそうな。他人のために汗を掻（か）かれているとお聞きしました。殿も、赤目小籐次が参ったらいつなりとも屋敷に入れよ、と申されております」

「そうか、老中の殿様にも気遣いさせておるか」

と恐縮するところにおしんが姿を見せ、無言で御用部屋へと案内した。そこにおしんの同輩の中田（なかた）新八（しんぱち）が待っていた。

「赤目様、一つことを終えると、また頼みごとを受けられましたか。こたびはどのような御用にございましょうかな」

「うむ、この一件、出来ることとなればそなたらの力を借りることなく、事を決着させたかったがな、やはり新八どのとおしんさんの知恵を借りるしかあるまいと、変心致した」

「お聞きしましょう」

とおしんが用件を催促した。

「鼠小僧次郎吉の一件じゃ」

「ほう、巷に流れる噂によれば、味噌醤油問屋の上総屋の土蔵で焼け死んだ者と、その数日後、行方を絶った者の二名とは、火付盗賊改の長官松平忠房様の支配下、与力小菅文之丞、同心琴瀬権八だそうでございますな。町方の調べでは、このふたり、火付盗賊改の身分と力を利用して、鼠小僧の仕業と見せかけた所業で私腹を肥やしていたとか。この件は前もって赤目様からお聞きしていたゆえに、松平様に迷惑が掛からぬようにどなた様かが口を塞いだと、私どもは考えておりましたが、違いますので」

「いや、その一件は終わった」

老中青山忠裕(あおやまただやす)の密偵ふたりが頷いた。

「じゃが、鼠小僧次郎吉を騙る一味は、火盗改の二人だけではなかったのだ」

「新手が出ましたか、それとも元祖鼠小僧次郎吉が再び動き始めましたか」

とおしんが問うた。

「元祖鼠小僧は、ただ今江戸で起こっておる大半の押込強盗とは関わりがあるまい」

「例の懐剣菖蒲正宗の研ぎ以来、赤目様とお付き合いが続いておりましたか」

新八の問いには小籐次は答えず、

「江戸に幕府が開闢して二百年がとっくに過ぎた。公儀の役人には、腕はあっても給金に結びつかぬと不満を抱えている者が数多おるようじゃな」

「と申されますとこたびもまた公儀に関わる役人が鼠小僧の流行りに乗じて、鼠小僧を装った新手の押込強盗を働いておると言われますか」

「ひょっとしたら鼠小僧次郎吉を騙る一味のなかでいちばん古手と思える。この者たち、これと狙った分限者しか狙わず、頻々と押込強盗をなすわけではない。最前そなたらの口から出た火付盗賊改の与力小菅文之丞と同心琴瀬権八が頭分でなした押込強盗のなかに数件、こやつらが行った仕事があるはずだ。頭分は細身の直刀を使い、主や奉公人らを刺殺しておることがつい半月前にわかった」

「公儀の役人と申されましたが、身許は判明しておりますので」

「目付支配下の表火之番井筒鎌足と配下の九人に、金座近くの両替商錦木宗右衛門方の三番番頭を勤めておる井筒の三男八十吉」

と前置きした小籐次は、知りうるかぎりの事実を告げた。

話を聞き終えても二人の密偵は無言だった。長い沈黙のあと、

「なんと表火之番一味が鼠小僧次郎吉を騙って押込強盗を働いておりましたか」

と中田新八がなんとも複雑な顔で言った。

「赤目様の話です。疑うわけではございませんが、表火之番は、確かに身分は低く、扶持も少のうございますが、譜代の者たち、奉公に誇りを持つ者たちと理解しております」

とおしんが小籐次に念押しした。

「おしんさん、公儀で働く役人衆は、己の仕事に誇りを持って務めを果たす者たちが大半と信じたい、いや、実際そうであろう。

だがな、ふとした迷いからかような押込強盗に手を染める、いや、火付盗賊改の与力・同心が鼠小僧を騙って悪事を働くのを見て、その連中に己らの罪まで被せようと考えた連中がいたとしてもおかしくあるまい。証はなかなか摑めぬがな。両替商錦木宗右衛門方に三男を奉公させた十七年前より父親の井筒鎌足は、そんなことを考えてきたのではないか。人間、哀しいかな、誇りより金に目が眩む生き物でな」

「証がないと申されましたが、赤目様がわれらに願うのは、表火之番の井筒組の動きでございますか」

「押込強盗を企てる前には、目当ての分限者を告げるため井筒鎌足と三男の八十吉が必ずどこかで会うはずだ。むろん大縄地や両替商の店の外であろう」

と小籐次が言い、

「この一件、火付盗賊改の二人同様、表に出すことなく闇に葬りさるお心算ですか」

とおしんが質した。

「そこじゃ、お二方にお尋ねに参ったのは」

と正直に答えた小籐次に、

「むろん老中のお気持ち次第で、私どもは動きます」

とおしんが答えた。頷き返した小籐次が、

「両替商の錦木の三番番頭八十吉の動きは見張らせておる」

と言い添えると、

「この一件を承知なのは、赤目様の他にだれにございますな」

と中田新八が質した。

「南町奉行所定廻り同心近藤精兵衛どの、難波橋の秀次親分だが、秀次親分のほうは、表火之番が押込強盗を働いた事実など詳しくは知るまい」

「となると、近藤同心に赤目様のふたり、元祖の鼠小僧子次郎はどうですか」

「おしんさん、子次郎に調べさせれば蛇の道は蛇、なんぞ証を摑んでこよう。表火之番を掌る目付方に知らせるべきか、あるいは老中青山様にお知らせすべきか」

「迷っておられますか」

「新八どの、いかにもさよう」

ふたりはしばし沈思した。

「赤目様、この一件、やはり老中にお知らせすべきです。目付方だけですと、握り潰される恐れがございます。譜代の表火之番の絆は強いと聞いております」

とおしんが言った。

小籐次はただ頷いた。

「赤目様は元祖の鼠小僧子次郎を信頼しておられる。この際です、子次郎の手を借りるべきではありませんか。かように赤目様と子次郎と称する者の付き合いまで事細かに老中に申し上げる要はございませぬ。それに子次郎がただ今、押込強盗を働いていないとなると、己の真似をして鼠小僧の名を汚した表火之番に怒りを感じておりませぬか」

「表面では平静を装っておるが内心では立腹しておろう」

「つまり子次郎にも赤目様といっしょに働く謂(い)われはある。これが鼠小僧を名乗る者らの最後の所業になるような始末をつける要がある」

と新八が言い添え、

「よかろう」

と小籐次がこの話を締め括った。

二

小籐次が久慈屋に戻ったとき、すでに昼餉を終えた駿太郎がせっせと研ぎ仕事をしていた。外出してくるとお鈴に約束した一刻内にはなんとか帰りついていた。

「すまぬ、駿太郎」

と詫びた小籐次が帳場格子の八代目と大番頭に会釈して研ぎ場に座ろうとした。

すると観右衛門が、

「赤目様、昼餉を食しておられますまい。お鈴が膳をそのままにしておりました、まずは腹拵えをしてくださいな」

と勧めた。

「父上、そのほうがようございます。久慈屋さんの道具が少し残っていますが今日じゅうには終わりましょう。予定どおり明日から深川蛤町裏河岸に行けます」

と駿太郎も言った。

ちらりと間を置いた小籐次は、

「恐縮至極じゃが馳走になろう」

と座りかけた構えから三和土廊下に向かった。

小籐次が消えた久慈屋の店先で、

「やはり私どもを含めて世間は赤目様に甘え過ぎております」

と昌右衛門がぽつんと言った。

幾たびも聞いた言葉にはだれも答えず駿太郎は研ぎ仕事に戻った。そんな駿太郎の前に人影が立った。

「相変わらず親父様はふらふらと出歩いてやがるか」

と独り言のように駿太郎に話しかけながら腰を下ろしたのは読売屋の空蔵だ。

「そんなところですな」

と観右衛門が駿太郎に代わり返事をした。

「ここんとこ鼠小僧次郎吉と称する押込強盗は減っているよな。なにが酔いどれ様を多忙にしているんだね、大番頭さんよ。世間は鼠小僧の所業に飽きたしよ、近ごろの鼠小僧は貧乏長屋にまともに銭も投げ込んでいかないや。義賊と呼ばれた鼠小僧の行いは廃ってしまって手口も雑な押込強盗の本性丸出しだ。にも拘らず酔いどれ様はふらふら出歩いてやがる、となると別件しか考えられぬ」

というところに三和土廊下から小籐次が姿を見せた。

「なんだ、いたのか。それにしても今ごろ台所から研ぎ場に姿を見せたってのはおかしいな。台所でたれぞに会っていたか」

「おお、空蔵どのか、いささか腹の調子がおかしくてな、厠を借りておった。会ったといえば久慈屋の女衆かのう。そなたは忙しそうじゃな」

と言いながら研ぎ場にゆっくりと座した。

「どこぞに出かけていたんじゃないか」

「うむ、どこへ出かけるというのだ」

と応じた小籐次が最前やりかけていた久慈屋の道具に仕上砥をかけ始めた。

「腹が下っているのか。夏の疲れが今ごろ出てきたんだよ。おまえさんはもう若くはねえや、無理をするんじゃねえぜ」

空蔵の言葉には親身の情が籠められていた。

「心配をかけるな」

「酔いどれ様よ、空模様が変わっていると思わねえか、雲行きが怪しいや。野分がやってくるぞ」

空蔵が話題を変えた。

「なに、野分か。となるとお互い仕事は当分ダメじゃな」

「おお、酔いどれ様もよ、いくら舟を新造したからといって無理すると碌なことはねえ。望外川荘に研ぎ残した道具を持ち帰り、あちらで仕事をそろそろとしながらさ、体を休めることにしな」

「そなたにまで心配かけて相すまぬな」

と詫びた小籐次が、

「野分では読売も売れまいな」

と言うと、空蔵が、

「久慈屋と同じ紙商いだ、雨は難敵だな」

と言いながら立ち上がった。

「いいかな、そなたも少し休めよ。野分が通り過ぎたらなんぞ読売のタネが生じるかもしれんでな」

「ああ、当てにせず待っていよう」

と空蔵が小籐次と問答をしたので安心したか、

「久慈屋のご一統様、野分が江戸を避けて何事もなく通り過ぎることを祈ってますよ」

と言い残して姿を消した。

小籐次はしばらく空蔵の背を見送り、

「野分がきおるか」

と呟いた。

「なんとのう空模様が怪しいと思うておりましたですでに手配は済ませてございます」

「大番頭どの、長い付き合いにござるがこちらでは天気が崩れることをよう承知ですな。前々から訝しく思っておりました」

「おお、そのことですか、紙商いは湿気をもたらす長雨は大敵です。うちの蔵のとある一角にちょっとした仕掛けがございましてな、棒秤のようなものの片方に炭を吊るし、もう片方に炭と同じ重さの分銅をかけておきます。雨が近くなると湿気を吸った炭が重くなり棒が傾きます。この仕掛けを『懸炭』と呼びましてな、紙屋の秘密仕掛けにございますよ」

「ほう、さような仕掛けがあるとは知らなかった。懸炭ですか」

と小籐次が感心した。

その話を聞いていた見習番頭の国三が、

「蔵の中を確かめてまいります」

と応じて店から蔵へと向かった。

「明日から蛤町裏河岸に参ろうと思っておったのじゃが、どうしたものかのう」

「父上、研ぎ残したこちらの道具をお預かりして深川に早めに向かい、竹藪蕎麦の美造親方や曲物師万作親方や経師屋の根岸屋さんや魚問屋の魚源に立ち寄り、研ぎ仕事があるかないかお尋ねしませんか。預かってよい道具は望外川荘にもちかえりましょう」

「そうじゃな、野分が来るとどこも仕事は出来まい。その間に道具の手入れを頼まれるやもしれぬな。望外川荘で研ぎ仕事をなすか」

はい、と返事をした駿太郎が、

「深川で注文を聞き終えて、刻に余裕があれば畳屋の備前屋さんにも注文を伺いにまいりましょうか」

「さあて、深川から大川の右岸に戻れるかどうか、刻限と天気を見ながらそう致すか。ならばこちらの研ぎかけの道具の手入れを終えようぞ」

と父子が話し合い、仕事を再開した。

そんな様子を見た観右衛門が、

「旦那様、赤目様に駿太郎さんがついているのは頼もしいことですな」

「駿太郎さんだけではございませんぞ、おりょう様もおられます。赤目家はどこの身内に比べても深い絆で結ばれておりますからね」

「そういうことです」

帳場格子で主従が自分たちのことを話題にしていることも知らず、小籐次と駿太郎は、久慈屋の道具を三本ほど残して仕事を終えた。

駿太郎は馴染みのおかみさん連から頼まれた出刃包丁を手にそれぞれの住まいに届けようとした。すると蔵から戻ってきた国三が、

「駿太郎さん、研ぎ終えた包丁は置いておきなされ。夕刻までに取りにこなければ、私が届けますからね。研ぎ賃はこの次でようございますね」

と言い、

「野分についての空蔵さんの推量とうちの『懸炭』の仕掛けの動きは同じです、空模様が怪しくなりました。駿太郎さん、深川に参られるのならば早くお行きなさい」

「ありがとう」

出刃包丁を国三に渡した駿太郎は、父と自分の研ぎ道具を蛙丸に運んだ。新入りの小僧の左吉といっしょに国三が道具を運ぶ手伝いをしてくれた。

「昌右衛門どの、大番頭さん、本日はこれにて失礼致す」

「二代目の蛙丸の主船頭は来島水軍流の達人の赤目様、助船頭は倅の駿太郎さんと無敵ですがな、空模様が意外に早く嫌な感じになってきました。気をつけてお帰りください」

と観右衛門が言った。

そこへお鈴が、

「おりょう様とお梅さんにおやえ様から甘味だそうです」

と包みを小籐次に渡した。

「お鈴さんや、おやえさんに礼を伝えてくれぬか。野分と競い合いになりそうじゃ、挨拶もせずに行くと詫びてくれ」

と小籐次はお鈴から包みを受け取り、久慈屋を出ると船着き場ですでに舫い綱を解かれた蛙丸に飛び降りた。

「気をつけてお帰りなされ」

国三の言葉に送られた蛙丸は御堀を海へと向かった。すると汐留橋際にお夕が立っていて、

「赤目様、駿太郎さん」

と手を振った。

「お夕姉ちゃんのところも早仕舞なの」

「お父つぁんから、雨が降り出す前にじいちゃんを家に連れ戻すようにって命じられたの。三十間堀の木挽橋で買い物があったから今日はこちらの河岸道を通ってきて汐留橋を渡ろうとしたら蛙丸が見えたの」

「野分が来そうだから気をつけてね」

と応じた駿太郎は汐留橋を潜り、築地川へと蛙丸を向けた。

「駿太郎、わが初代の小舟はこの秋の野分に耐えられないのを承知していたかのう」

「舟がさようなことを考えますか」

「おお、長年連れ添ってきたのじゃ、こちらに迷惑が掛からぬよう蛙丸に代替わりしよったわ」

と小籐次が言ったとき、蛙丸は江戸の海に出た。

妙に生ぬるい東北風が吹きつけて蛙丸を浜御殿の石垣に押し付けようとした。

駿太郎が櫓に力を入れたのを見た小籐次が立ち上がり、一丁の櫓に父子で手をかけた。

「帆舟(ほぶね)ではないでな、風は気にかけるな。波浪の動きを見定めて舟を進めよ」

「はい」

鉄砲洲から佃島に向かう渡し船も野分の前兆と思える風と波に苦労していた。

「おーい、酔いどれ様よ、新しい舟にしてよかったな」

と渡し船の主船頭が声を張り上げて叫んだ。

「おお、そのことよ。仕舞い船まで往来する心算か」

「いや、この船で仕舞いじゃな。わしらは野分が通り過ぎるまで佃島に泊まることになりそうじゃぞ」

と主船頭がいい、

「お互い気をつけていこうぞ」

と小籐次が答えた。

父子で漕ぐ蛙丸は段々と高くなる波浪をものともせず、石川島を横目に大川河口を斜めに突っ切り、越中島を回り込んで名も無き板橋の架かる永代寺門前の御堀へと入っていった。すると急に風も波も穏やかになった。

いつものように蛤町裏河岸に蛙丸を入れたが、角吉の野菜舟はもはや平井村に戻ったようで姿がなかった。その代わり河岸道で空を見上げていた美造親方が、

「相変わらず酔いどれ様は本業を疎(おろそ)かにしておるか、駿太郎さんよ」

と質した。

「いえ、父上は芝口橋で頑張っていましたよ」

「倅は健気(けなげ)だな、親父がふらふらしていてもこの返答だ」

「親方、そなたの推量どおり研ぎ場には駿太郎独りのことが多かったな」

「なにをしていたんだ」

「なにということはないがな、つい頼まれごとを」

「していたというか。そんなこっちゃ、望外川荘から追い出されるぞ。蛙丸に買い替えたんだ、しっかりと働きねえな」

「相すまぬ。親方、野分が来る気配だな。手入れする道具があれば預かっていき、

須崎村にて仕事をしたい」

「おう、それがいいな。万作親方も経師屋の安兵衛(やすべえ)親方も魚源の永次(えいじ)親方もおまえさんら、親子が来るのを待っていたぜ」

「そうか、ならば父子で手分けして注文とりに歩こう。親方、すまぬが蛙丸を見ていてくれぬか」

と小籐次が願い、父子で深川の得意先を走り廻ることになった。

魚源に向かったのは小籐次だ。

「おや、珍しいお方がお見えだぜ」

永次親方が小籐次を迎え、

「何人もいるという鼠小僧次郎吉一味を捕まえる手伝いをしていたか」

と質した。

「いや、そういうわけではないがな、ともかく野分が来そうだ。望外川荘に籠(こも)って仕事をしようと思うが、手入れの要る道具があったら、預からせてくれぬか」

と小籐次は己の近ごろの行動から話をそらした。

「うちだけでもたっぷりあるぜ。野分が来るとなると三、四日は魚市場も休み、魚も入ってこねえや。道具といっしょに残りの魚を持っていきな」

と竹籠に手入れの要る道具と秋鯖や烏賊などを入れてくれた。

「ありがたい、これでうちは飢えずに済む」

と竹籠を下げた小籐次が蛤町裏河岸の船着場に戻ると、駿太郎がこちらも蛙丸に竹籠に入れた曲物と建具に使う道具を載せていた。

そこへ美造親方がまた姿を見せて、残り物の蕎麦だが持っていかないか、と蛙丸に載せてくれた。

「あちらこちらで貰いものをした。野分が続けて襲いきてもうちは大丈夫だぞ。それより大雨になるとこの界隈はいかんな」

「ああ、大川河口に近く大潮とぶつかるとこの界隈は水浸しだ。あれだけは勘弁してほしいな。いいか、駿太郎さん、親父様はもう若くねえや、しっかりと駿太郎さんが望外川荘まで連れて帰るんだぜ」

「親方、心配いりません、木場から横川を通って須崎村まで帰ります」

駿太郎が言い、急ぎ蛙丸を船着き場から離した。

野分到来のせいでいつもより暗くなるのが早い横川では、早仕舞いした船頭たちが仕事船を岸辺に綱でしっかりと固定していた。

そんな横川を親子で漕ぎ上がっていった。

中之郷横川町に来ると、船着き場に幾艘もの猪牙舟をつなげて杭に縛っていた船頭の兵吉が、

「おい、駿太郎さん、この前よ、隅田川に出ることなく湧水池に出る水路を教えたよな、あいつを伝って望外川荘に戻るんだぜ」

と声をかけてきた。

「兵吉さんの船宿も休みですか」

「野分の間はよ、仕事はダメだな」

「うちはお得意先から手入れのいる道具をたくさん預かってきました。当分、家で父上とふたりして研ぎ仕事です」

と言い交わすと兵吉が指示した水路を抜けて湧水池に出た。するとクロスケとシロがいつもとは違う方角から戻ってきた蛙丸に気付いて、

わんわん

と吠えながら船着き場へと先回りした。

「駿太郎、まず預かった道具を望外川荘に運び入れたら、納屋にな、千石船で使われていた古帆があったはずだ。あれでな、蛙丸を包んでな、船着き場の下に突

っ込んで止めておくのはどうだ」

「父上、いい考えです」

蛙丸を二重に舫い綱で仮つなぎして、竹籠に入れた道具類を望外川荘の台所の板の間に運び込んだ。

おりょうとお梅が夕餉の仕度をしているのに久慈屋や魚源から頂戴してきた魚や甘味を駿太郎が渡すと、

「おりょう様、三、四日は買い物に行かずに過ごせます」

とお梅が喜んだ。

「りょうも嬉しゅうございます」

「なに、野分が来るのが嬉しいか、それとも買い物に行かずに済むのが喜ばしいか」

「いいえ、身内が揃って過ごせるのが幸せなのです」

「身内四人に犬二匹か」

「身内六人にクロスケとシロです」

「身内六人じゃと。おお、百助がいたな。うむ、それで五人ではないか」

「子次郎さんが百助を手伝って湯を沸かしております」

「おお、盗人も身内か、賑やかじゃのう」

よし、と言った小籐次と駿太郎が別棟の納屋に行くと、窯の火を百助が見守る傍らで子次郎が薪を割っていた。

「ご苦労じゃのう、子次郎さんや」

「なんぞ手伝いをせぬと、居候も居心地が悪うございましょう」

との言葉とは裏腹にまき割りを楽しんでいた。

「ならば手伝え。蛙丸にな、古帆をかけて船着き場の下に突っ込むのだ」

「ほう、考えましたな」

百助が納屋の棚に巻かれておかれた帆を差して、

「駿太郎様、あれが帆布じゃ、下ろしてくれんかね。この中で台にも乗らず届くのは十三の駿太郎さんだけじゃでな」

と願った。

「百助さん、帆布があったなんて知らなかったな」

と言いながら幅が四間はありそうな帆布を抱え下ろした。

「前の主の時代からございましたよ。一度広げたことがありますがな、長さは十間もあったな」

「よし、このまま船着き場に担いでいこう」

駿太郎と子次郎が帆布を抱えて船着き場に戻り、小籐次が従った。

船着き場で帆布を広げてみると蛙丸を包むに十分な幅と長さがあった。

「父上、胴ノ間の下に積んだ研ぎ道具は載せたままのほうが、風や波にも揺れないのではありませんか」

「おお、帆布で包み込めば大事なかろう」

蛙丸を二重に畳んだ帆布で覆い、麻綱で縛って船着き場の下に入れてみると、ぴたりと納まった。

「まあ、須崎村まで大波は来んでな、これで安心じゃ」

と暗くなった船着き場でひと息ついた小籐次に、

「このところ鼠小僧次郎吉一味が静かなようですな」

「元祖の鼠が須崎村におるでな」

「赤目様、過日の話、両替商錦木と水戸様のお屋敷裏手の大縄地の表火之番組に罠をしかけておきました」

「手早いのう。野分の到来が先か、鼠小僧が為す最後の押込強盗が先かのう」

「余計なことなれば知らぬことにしてもようございます」

「居候の働き、断れるものか。湯に入ってな、話を聞かせよ」

と小籐次が子次郎に願い、望外川荘の湯に三人して入ることになった。

三

金座後藤家に近い両替商錦木宗右衛門は、江戸で、

「両替商のなかの両替商」

と呼ばれていた。

資力の大きな両替商は金・銀・銭三貨の売買両替はもとより、幕府や諸大名家の貢租などを取り扱うほか、為替・預金・貸付など金融も行った。むろん市中に出回って古くなった旧貨を回収し、金座や銀座に引き渡す業務もなした。金座に近い本両替町や駿河町には多くの両替商老舗が集まっていた。

錦木は、本両替町でも金座の正面に店を構えていた。ために「両替商のなかの両替商」として仲間内では一目置かれる存在であった。とはいえ、代々錦木の主は地味な暮らしで、仲間内の会合でも錦木宗右衛門が出ることはなく、大番頭がその役目を務めていた。

表火之番の三男が両替商錦木の奉公人になったのは、先代の主と大番頭の時代で、いまや三番番頭まで出世した八十吉が表火之番の家の出であることを承知の者は大勢の奉公人のなかでも限られていた。

野分が江戸を襲い、さほどの被害もなく立ち去った直後のことだ。

いつもとは異なる八月うちに旧貨を集めるよう老中青山忠裕が錦木に命じた。

八月晦日、錦木の蔵にはいつも以上に莫大な金子があった。

この夜半、一石橋南側の石垣下に苫屋根の舟が止まっていた。

蛙丸だ。

にわか造りの苫屋根の下に小籐次、駿太郎と子次郎が潜んでいた。

もう一艘、老中青山家の屋根船が常盤橋の西側にひっそりと停泊していた。こちらには中田新八、おしんに北町奉行与力の岩代壮吾と南町奉行定廻り同心近藤精兵衛の四人が乗っていた。

ともあれ南北町奉行所の与力・同心がいっしょに御用を務めることはない。だが、こたびに関しては公にできない務めだ。すべて老中青山忠裕一人の責任において事が決着する。事が公になったときは、青山老中の身分は無くなり、この場の七人も死を覚悟せねばならなかった。なんとしても秘密裏に始末することが七人に求められていた。

お堀の土手で虫が集いていた。その虫の声に誘われたか、駿太郎がこくりこくりと眠り始めた。

「駿太郎さん、かようなことには慣れておられるようですね」

子次郎が小籐次に潜み声で話しかけた。苫舟の夜気さえ揺らしもしない声だ。

「さあてどうであったかのう。修羅場は幾たびかわしといっしょに潜ったことがあろうが、両替商に押し入る強盗を阻止しようというのは初めてかのう」

「やつらは十人、いや、倅を入れて十一人ですか。わっしらは女衆を入れて七人ですか」

「おしんさんのことか、この七人のなかで一番頼りになるのはおしんさんじゃぞ」

「長い付き合いでしょうな」

「おお、長いな」

と応じた小籐次が、

「七里走りの充吉は元気になったようじゃな」

と話を変えた。

「お陰様でなんとか三里走り程度には怪我が回復しました」

と答えた子次郎が、

「それにしても妙な陣容ですな。酔いどれ様親子は別格として、老中の密偵ふたりに町奉行所、それも南北の与力と同心がひとりずつ、これで表火之番と戦ですかえ」

「子次郎、元祖の鼠小僧がぬけておるわ」

「わっしもご一統様の数に入れてもらえますか、あり難いや」

「元祖の鼠小僧のための戦いであろう。子次郎、そのほうが精出して働け」

と小籐次が応じた。

一方、青山老中の御用船の屋根の中では南北奉行所の若手与力と老練の同心が黙り込んでそのときを待っていた。こちらの船頭はなんと中之郷横川町の船宿の船頭の兵吉だ、この兵吉だけが今宵なにがあるか一切知らされていなかった。ただ小籐次から、

「内々の御用を務めるが船頭をしてくれぬか」

と頼まれて何も聞かずに引き受けたのだ。ついでにいうならば蛙丸の船頭は駿太郎だ。

「中田どの、おしんさん、そなたらは老中青山様の家臣でござるな」

と近藤が口を開いた。

「家臣といっても青山家の藩籍には新八さんと私の名はございませんよ」

「それがしと岩代どのはさる道場の門弟でございましてな、よく承知の間柄でござる。とは申せ、南北の与力・同心がともに御用を務めるなどござらぬ。ということはわれらもまた町奉行所の御用ではないことを務めようとしておるのですな」

「いかにもさよう。かようなことは天下一の武人赤目小籐次様なくばありえませぬ」

と新八が苦笑いした。

「蛙丸なる研ぎ舟に乗っておる三人目の人物をそれがし、漠とじゃが承知です」

とこのなかで一番若い岩代壮吾が言った。

「久慈屋の高尾山薬王院の御用の折にあの者と会いましたか」

とのおしんの問いに、

「見かけたといえば見かけた。ですが、訝しいことに後々姿を思い出せといわれても、面影すら浮かばぬ奇妙な人物です」

「元祖鼠小僧たる所以にございませぬか。酔いどれ様の口利きがなければわれら四人、あの者とともに働くなどございますまい」

とおしんがいい、

「今宵の私ども四人もまた現の人物ではのうて、幻の付き合いにございます」

と言い添えた。

そんな折、蛙丸の苫屋根の下で駿太郎が、ぱっと目を覚ました。

「父上、霊岸島新堀に船が入りました」

と駿太郎が言い切った。

「その才、剣術家にしておくのは勿体ねえや」

「子次郎、そなたの手下にしようというか」

「残念ながら、わっしじゃ御しきれねえ」

と子次郎が声もなく笑い、

「ただ今、二丁櫓の船は鎧ノ渡しを過ぎました」

と駿太郎が言った。そして、

「子次郎さん、これからどうなされます。偽物の鼠小僧一味を平らげたら、元祖はまた仕事に戻りますか」

「うむ、そこですね。わっしが戻ったところでもはや鼠小僧の名は使えますまい。なんぞ生き方を変えねばなりますまい」

「ならば三河国に姫君薫子(かおるこ)様に会いにいかれませんか」

「それもいいな、駿太郎さん、いっしょに行ってくれますかえ」

「私には研ぎ仕事がございます」

「盗人のわっしと堅気の駿太郎さんの違いだ」

「いえ、姫君の薫子様が会っていちばん喜ぶのは子次郎さん、あなただからです」

と答えた駿太郎が口を噤(つぐ)むと、二丁櫓の船が黒衣の表火之番十人を乗せて、一見無人に見える蛙丸の横手を躱(かわ)し金座前の船着き場に着けた。

船から黒衣の十人が土手を身軽にもひょいひょいと上がり、本両替町へと向かった。

それを見た兵吉が竹竿を使うと御堀を渡り、二丁櫓の船へと横づけした。ほとんど同時に蛙丸の三人が一石橋に上がった。

先頭を子次郎が走り、表火之番が向かった本両替町ではなく一本南の北鞘町の一丁ほど先で左手の路地へと赤目親子を案内した。

小籐次の破れ笠の竹トンボがくるくると路地を吹き抜ける夜風に回った。

屋根船のなかからも新八とおしん、南北の与力・同心の四人が忍び出て表火之番が入っていった本両替町に向かった。

金座裏の御堀では、兵吉が表火之番たちの乗ってきた船の櫓を外して、屋根船に移していた。むろん悪党どもが逃げてきた折に船を操れぬようにするためだ。そうしておいて二丁櫓から離れて御堀の真ん中で事が起こるのを待った。

兵吉に船頭を願ったのは小籐次だ。その折、この夜、見聞きすることは一切口外してはならず、同時に、

「堅気の兵吉が戦いに加わってはならぬ。助勢は船を操ることだけだ」

と厳命していた。

表火之番十人が金座正面の両替商錦木宗右衛門宅の通用口に集まり、黒覆面に黒衣の頭領井筒鎌足がこつこつと戸を軽く叩いた。

臆病窓の嵌った通用戸が開きかけた瞬間、どこからともなく夜風を裂く音がして竹トンボが井筒鎌足の顔を隠した覆面の頬を鋭く裂いた。

「な、なんじゃ」

と思わず井筒が漏らし、本両替町を見た。

御堀側から老中青山の密偵中田新八、短筒(たんづつ)を構えたおしん、木刀を手にした北町与力の岩代壮吾、そして南町の老練な同心近藤精兵衛が捕り物用の長十手をそれぞれ構えてゆったりとした足取りで表火之番の一団に詰め寄ってきた。

井筒は本両替町の反対側を振り返った。

そこには着流しの裾を後ろ帯に絡げた元祖鼠小僧の子次郎が独り立っていた。

「八十吉、図られたぞ。おめえも逃げるしかあるめえ」

と三男に命じた井筒鎌足が細身の直刀を抜くと、子次郎ひとりに向かって襲いかかろうとした。

すると路地から小柄な影と長身の者が姿を見せた。

小柄な影は赤目小籐次、長身の者は倅の駿太郎だ。

「何者か」

と低い声で井筒鎌足が子次郎に誰何(すいか)した。

「そりゃ、こちら様がいう台詞だぜ。表火之番の御用を大人しく勤めていればいいものを、わっしが始めた盗人の真似をして大金を盗んだばかりか、何人もの人間を殺めたな、許せぬ」

「元祖の鼠小僧か」

「いうに及ばず」

「叩き斬ってまずは約定の場で落ち合うぜ」

と表火之番の井筒鎌足が言い、

「八十吉、おめえもおれたちといっしょだ」

「くそっ、十七年の両替商の務めが無駄になったか」

と通用口から姿を現した八十吉の手にはすでに抜き身があった。

十人の黒衣の者と八十吉が子次郎らに向かってそれぞれ抜き身を構えて走り寄ってきた。

「井筒鎌足、わっしの傍らにおわす親子を承知か」

うむ、と言った井筒鎌足に倅の八十吉が、

「まさか酔いどれ小籐次と駿太郎親子じゃあるまいな」

と叫んでいた。

「おお、その赤目小籐次様と子息の駿太郎さんよ」

「くそっ」

と喚いた井筒鎌足が細身の直刀を突きだすと小柄な影に向かって、

「研ぎ屋爺がいささか出すぎた真似をしおるか。表火之番井筒鎌足の忍び突きを受けてみよ」

と叫ぶと直刀を構えた両腕を胸にひきつけ、黒い風となってただ静かに立つ小籐次に向かって襲い掛かった。

間合いを見ていた小籐次の次直が一気に抜かれ、常夜灯の微かな灯りを帯びた刃が直刀の物打ちを弾くと同時に反転した次直が胸から胴を斬り裂いていた。

「来島水軍流流れ胴斬り」

と小籐次がもらした。その傍らに立つ子次郎に八十吉の抜き身が叩きつけられた。

「子次郎さん、ご免」

と詫びた駿太郎が子次郎の前に踏み込むと手にした木刀で八十吉の肩口を強打していた。

ぎゃああー

という声が本両替町に響いた。

一瞬にして井筒親子を斃(たお)された表火之番九人が後退しようとした。

そこへ中田新八、岩代壮吾、近藤精兵衛の三人が立ち塞がり、短筒を構えたおしんが極秘の「捕物」の帰趨を見定めていた。

岩代壮吾は駿太郎の木刀の一撃を見て、自らも九人の表火之番に飛び込んでいき、木刀を振るい始めた。それを見た近藤同心も捕り物用の長十手で応戦し、そこへ駿太郎が加わり、三人対九人の戦いは勢いに乗った三人組がたちまち九人を叩き伏せていった。

錦木の通用口から恐る恐る奉公人が顔をのぞかせた。だが短筒を構えたおしんが、

「通用口をもうしばらく閉ざしていなさいませ。そなたが見た立回りは夢幻でございますよ」

というと慌てて通用口が閉じられた。

抜き身を下げた小籐次の傍らに立つ子次郎が、

「赤目様はわっしに精々働けと申されたが、出番はなしですかえ」

「盗人と押込強盗は違おう。そなたの功はこの戦をお膳立てしたことよ、戦いは手慣れた連中に任せておけ」

本両替町の騒ぎを金座の不寝番が見ていたが、小籐次が、

「夢じゃぞ、現（うつつ）の話ではないわ」

と血ぶりをしながら話しかけると、がくがくと頷き、小籐次の破れ笠の竹トン

ボが戦いの終わりを告げるように夜風に舞った。

極秘の騒ぎがなんとか落ち着くには日にちを要した。

この日、小籐次と駿太郎が深川の蛤町裏河岸に舫った蛙丸でせっせと研ぎ仕事をしていると、読売屋の空蔵が姿を見せた。

「知恵を貸してくれないか、酔いどれ様よ」

「わしは研ぎ屋爺じゃぞ。あいにく読売屋に貸す知恵は持ってないがのう」

「冷たいことを言わずにさ、話を聞いてくれ。いや、聞かせてくれないか」

「話を聞くのか、わしが話すのか、ややこしいのう。まずはなんの話か聞かせよ」

「酔いどれ様は両替商に知り合いはおるか」

空蔵がしている話が本両替町の両替商錦木の一件と推量はついていた。だが、さようなことは口にはできない。

「両替商だと、いちばん縁遠いな」

「ならば聞いてくれ。本両替町の錦木に鼠小僧次郎吉を騙る一味が押し入ろうとしたんだ。一味の頭分の縁戚の者が十七、八年も前に奉公人に入っていてな、一味を引き入れようとしたんだよ」

「そりゃ、大変だ」

　小籐次の返答に頷いた空蔵が小籐次・駿太郎親子が承知の一件を大雑把に語り聞かせた。

「そこまで承知ならばなぜ読売に書かぬ」

「そこよ、錦木の手代と金座の不寝番が十数人の一味とそれを捕まえようと待ち受けていた連中をも見ていたというんだよ。だから真の話よ。それがな、騒ぎを見ていたはずのふたりに聞いても『あれは夢か現の話かわからない』というばかりではっきりしねえんだ。むろん錦木の大番頭にも聞いたさ、ところが、『うちには鼠小僧次郎吉一味など押し入っていませんぞ。手代が夢か現かと申すくらいです。そんな話はございませんな』というんだよ。

　あの夜、錦木には古い金銀がしこたま江戸じゅうから集められて蔵に入っていてよ、むろん両替商の中の両替商錦木が代々貯め込んだ大金もあった。確かに一味が押し入っていれば、何万両もの被害が出たんだ。話が尻すぼみでちょいとおかしくねえか」

「当の錦木がなんの被害もなかったのならば、手代と不寝番は夢を見たのかのう」

「それがな、捕り方のひとりは女でよ、短筒まで携えていたというんだ。そんな細かいことまで夢に見るか」

「なんとも答えようがないな」

空蔵が話を止めてじっくりと小籐次と駿太郎を見た。

「一味は確かに錦木に押し入ろうとしたんだよ。だが、先日の火付盗賊改の与力・同心と同じように話がうやむやになっちまった。ということは、城がらみの話じゃねえか」

「ほうほう、さような話ならば厄介じゃな」

また空蔵が間を空けた。そして、懐から手拭い包みを出すと黙って開き、小籐次に見せた。そこには竹トンボがあった。

「この竹トンボは、赤目小籐次、おめえさんの造った竹トンボだな」

「どれどれ、見せてくれぬか」

「触っちゃならねえ。その夜明け前に店前で錦木の小僧が拾ったものなんだよ。騒ぎがあったというただ一つの証だ」

「空蔵さんや、証とはどういうことか。それがしが押し入ろうとした一味というのか」

「反対だよ、おまえさん方が一枚嚙んで鼠小僧次郎吉を騙る一味をとっ捕まえたと、おりゃ、推量したんだがね。どうだい、この話の続きを聞かせてくれねえか」

「ふーん、込み入った話じゃな。わしと駿太郎のふたりで十数人もの一味を相手に派手な捕物をしたというか。本両替町じゅうが大騒ぎになっておろうな」

「手練れの仲間を集めたか」

「わしは町奉行でも火付盗賊改の長官でもないぞ。ただの研ぎ屋爺が与力・同心を集めてさような捕物ができるものか。よしんば、さようなふるまいをやったとせよ、町奉行所や火付盗賊改が大いに喧伝しようではないか、大手柄じゃからな」

表火之番の井筒鎌足一味は、あの夜のうちに八辻原の丹波篠山藩江戸藩邸に連れ込まれ、表火之番を差配する目付頭の当番目付が呼ばれた。老中青山忠裕と当番目付某が内々に話し合い、この一件表に出さぬことで一致したという。おそらく表火之番の籍から井筒鎌足組は抜かれたのだろう。

「そこら辺りがな、いまひとつ解せねえ。駿太郎さんよ、教えてくれないか」

「空蔵さん、私、夜は須崎村の望外川荘で早寝をしますし、朝稽古をしますし、かように研ぎ仕事をしないと、この蛙丸のお代も払えません」

「父親も父親なら子も子だぜ。剣術といっしょでよ、強かだな」

「空蔵さんや、知恵は貸せぬが忠言はできそうだ」

「なんだ、忠言とは」

「夢か現か分からぬ押込強盗騒ぎを最後にな、なんとなくじゃが、鼠小僧次郎吉を騙る騒ぎは消えていかぬか。となれば、こたびの一件、黙って見逃しておるのが読売屋空蔵どのにとって、後々大運を呼び込む気がするな。その証もお持ちじゃ」

と小籐次の眼が空蔵の手の竹トンボに向けられた。

長い沈思があった。

「おーい、なにを男三人して喋くり合っているよ。今日は角吉の野菜舟も来ないとよ、どうだ、うちで蕎麦でも食っていかねえか、読売屋のほら蔵さんよ」

と竹藪蕎麦の美造親方が河岸道から叫んだ。

「火付盗賊改、町奉行所、それに鼠小僧次郎吉が、いや、酔いどれ小籐次が三つ巴にからむと厄介極まりねえぜ。深川まで遠出したんだ、蕎麦くらい馳走になっていくか」

とどこかさばさばした表情で空蔵が言い、手拭いに竹トンボを包んで懐にしまった。

四

三河国は東海道でいうと、江戸より三十三番目の二川(ふたがわ)宿から吉田宿、御油(ごゆ)宿、赤坂宿、藤川宿、岡崎宿、そして池鯉鮒(ちりゅう)宿まで、三河の内海を近くに眺めるようにあった。

江戸から三十四番目に吉田宿があった、現在の豊橋の中心部である。

この宿から伊良湖岬に向かって脇街道が三河の内海の西沿いに通っていた。この脇街道唯ひとつの大名家は譜代小藩一万二千石の三宅家であった。この三宅家の領地の外れ、小さな岬に直参旗本三枝實貴(さえぐさねたか)の所領があった。背後にさほど高くもない衣笠山を負い、眼下には三河の内海が望めた。

江戸から七日をかけて旅してきた子次郎は、

「美しいところじゃねえか」

と呟き、一方で所領としては、

「なんとも貧しいな」

と思った。

こんな美しくも貧寒とした地で薫子姫はどんな暮らしをしているか、と案じた。そして、旅籠を探そうにもそんな気の利いたものはなさそうだと思った。赤目小籐次一家は、子次郎が訪ねていけば喜ぶといったが、ほんとうに歓迎してくれるだろうかと不安になった。

ともかく薫子姫に会うのが先だと、赤目一家から預かってきた文や甘味などを負った風呂敷をひとゆすりして負い直し、緩やかな坂道を下っていった。すると岬の先端部にひと際大きな藁ぶき屋根があった。遠目に見ても長いこと手入れをされていないのが分かった。

馬の嘶きが風に乗って聞こえ、犬の吠え声までした。

屋敷の庭の一角に高さのある丸太の柱が立ち、横桁に竹竿が何段かかけられて干し柿が吊るしてあった。

「碌な食い物は食わされてないいな」

と旅を始めて独り言の習わしができたせいで、声を漏らしていた。そして、ふと思いついた。

（文を預かってきたけど、おりゃ、まともに文字なんぞ読めないぞ）

薫子姫の両眼は光を感じる程度だ。

（こりゃ、困ったぜ）

と思いながら、

（ああ、そうか、老女の比呂ならば文字くらい読めよう）

と気付いて安心した。

「よし、ここまできたんだ。会うしかあるめえ」

と己に言い聞かせて最後の旅程を早足で下りた。

長屋門の前に立った子次郎を猫が迎えた。

江戸の屋敷と違い、生き物がたくさん飼われている。いや、主が留守の所領の屋敷に代々住んできたものだろう。

（姫様は、望外川荘でクロスケとシロを撫でて初めて生き物の温もりを知ったんだったよな）

子次郎は思い出した。

ふいに百姓じいが姿を見せて子次郎を眺めた。

「じい様よ、ここは旗本三枝様の所領屋敷だよな」

百姓じいは黙って子次郎を眺めているばかりだ。

「三枝薫子姫様の家だよな」

とこんどはゆっくりと大きな声で繰り返した。するとじい様がこくりと首をふった。

「おりゃ、江戸からきた姫様の知り合いだ。子次郎がきたと取り次いでくれねえか」

と子次郎がいうところに屋敷の頭分みたいな風体の奉公人が姿を見せ、訝しい顔をして子次郎を見た。

「何者か」

盗人、と応じかけて返答に迷い、問いに変えた。

「そうだ、老女の比呂さんはおられますかえ」

「比呂様を承知か」

「おお、江戸から子次郎が来たといえば分かる」

用人風の武士がしぶしぶ奥に姿を消して百姓じいと子次郎のふたりが門前に取り残された。

「殿様はどうしていなさる。元気か」

「酒びたりだ」

と百姓じいが答えたとき、老女の比呂が足早に姿を見せ、

「子次郎、さんか」

と懐かし気に子次郎を見た。

「比呂さんよ、赤目様とおりょう様から文やあれこれ預かってきたんだ」

子次郎の言葉にがくがくと頷いた比呂が、こちらへと田舎屋敷の横手に連れていった。それなりに広い庭は全く手入れが為されていなかった。その代わり、犬や猫、鶏に兎が放し飼いにされ、囲いのなかには牛や馬が何頭か飼われていた。

そのせいかなんとなく長閑に感じられた。

「比呂さんよ、殿さまの話は聞いた。奥方はどうしていなさる、江戸から従ってきた男衆や女衆はどうしていなさる」

「奥方様は江戸に残られました。在所にいきたくないと実家(さと)に戻られたんです。家来の大半はこの地を見て逃げ出したんですよ」

比呂の口調に腹立たしさが籠められていた。

「そうか、相変わらず姫様は難儀していなさるか」

一時雑木林に隠れていた内海が昼下がりの穏やかな陽射しに見えてきた。そして、眼下に海を見下ろす場所に離れ屋風の藁ぶきの小家が建っていた。庭に出した縁台に薫子姫が座して海に向かい、もの想いに耽っていた。

子次郎はその姿を見た瞬間、江戸にいるときより落ち着いておられると思った。

「比呂さん、こちらでも離れ屋でふたりだけで過ごしているのかえ」

と小声で比呂に聞いた。比呂が頷き、

「私が三度の食事を作って差し上げています」

と応じたとき、薫子姫が不意に振り返り、

「お比呂、どなたです」

と言いかけて、

「子次郎さん」

と呼んだ。

「お姫様よ、覚えていてくれましたかえ、盗人の子次郎ですよ」

薫子姫の見えない両眼が子次郎に向けられ、

「私のよく知っている子次郎さんですね」

「そうだよな、姫君と盗人のおれは知り合いだよな。おりゃ、姫様に会いたくてね、江戸から来たんだ。迷惑じゃなかったかな」

薫子が嬉しそうに顔を横に振った。子次郎は不意に背の荷を思い出した。

「姫様よ、赤目様のところからあれこれと預かってきたんだよ。まず赤目様とおりょう様から文を預かってきた。あとでさ、比呂さんに読んでもらいねえ。おりゃ、目が見えても字が読めねえからね」

と薫子に気を遣いながらそう言い、

「姫様、これが酔いどれ様、これがおりょう様の文と、望外川荘に滞在していたときにおりょう様が姫様を描いた絵だ。見せてもらったがなんとも愛らしくて美しい、ほんものの薫子姫にそっくりですぜ」

と渡すと薫子が嬉しそうに受け取った。

子次郎は江戸の甘味もいくつも持たされていた。そして駿太郎からは、折り紙の鶴などが渡された。

「駿太郎さんは六尺もの背丈で手足も長いや。あの体でね、折り紙を折る姿はなんともおかしかったがな、よく考えてみれば駿太郎さんはまだ十三歳だ。そいつをさ、つい忘れちまった」

「赤目様やおりょう様、駿太郎さんの匂いがします。子次郎さん、ありがとう」

薫子の礼の言葉に子次郎は、ふうっ、と息をして、

「とうとう来ちまったよ」

と正直な気持ちを漏らし、言い添えた。

「あのさ、迷惑ならそう言ってくんな。おりゃ、こちらに三、四日いてさ、江戸に戻る心算だ。この界隈で寝場所を探すからさ、今日はこれで失礼するぜ」

薫子が比呂のいる方に顔を向けた。姫の思いは老女の比呂に直ぐに伝わった。

「子次郎さん、この小さな家に女衆部屋があります、いまはだれも使っていません。こちらに泊まって江戸の話を薫子姫に聞かせて下され。どうですね」

「いいのか、殿様の許しを得なくてさ」

「父上は酒に溺れて正気をなくしておられます。この家のことはすべてお比呂が仕切っています」

薫子の言葉に比呂が子次郎に、

「女衆部屋を見せますよ、そこからも海が見えます」

と言って誘(いざな)った。

比呂とふたりになったとき、子次郎が尋ねた。

「姫様が逗留した望外川荘は隅田川の傍にあるんだよ。姫様は三河の海の近くの、

この家の住み心地はどうだ」

「天気がよければ一日じゅう、海を眺めておられます」

「そうか」

と言った子次郎が懐に携えてきた紙包みを、

「この十両は赤目様から預かってきた金子だ。薫子様の入用のときに使えってさ」

と渡した。比呂は金子と聞いて受け取ることを躊躇っていたが、

「盗人のおれからの金子じゃないぜ。天下の武人赤目様の気持ちだ、快く受け取ってくれませんかね」

と願うと頷いた。この金子は赤目小籐次からのものではなく子次郎の気持ちだと承知していた。

その日の夕、江戸は須崎村の望外川荘では囲炉裏端で夕餉が始まろうとしていた。

「父上、子次郎さんは三河の薫子姫の所領に到着しておりましょうか」

と駿太郎が尋ねた。

燗をつける銅壺から徳利を摑んだ小籐次がおりょうの盃に注いでいたが、徳利を持ったまま、

「子次郎が旅立って七日か、いや、八日目だったかのう。足の速い盗人なればもはや薫子姫に会うておろう」

「父上は、われらは丹波篠山の往来で東海道にて三河国を通り過ぎたことがあると申されましたな」

「岡崎城のことを覚えておらぬか」

「岡崎城下を抜ける東海道、二十七曲の賑わいを覚えております」

「よう覚えていたな。三枝家の所領は、岡崎から江戸へ四宿下った吉田宿より脇街道でさらに南に向かい、三河の内海の東側に面した、ひなびたところらしい。まあ、子次郎の足なれば六日で着いたとしてもおかしくはなかろう」

「では、薫子様と子次郎さんは会っておられますね」

「間違いなくすでに会っておる」

「姫は子次郎さんに会って喜んでおられますよね」

「むろん喜んでおる」

と手にしていた徳利の酒を己の盃に満たし、おりょうも盃を手にしているのを

確かめ、ゆっくりと口に含んだ。

「なんぞ案じられることがございますか」

とおりょうが聞いた。

「うむ、過日おしんさんから耳打ちされたのだ」

「なんのことでございますか」

「薫子姫の母御は、江戸生まれ、江戸から遠い三河の在所になど行きたくはないと、実家に戻られたそうな」

「えっ、薫子様は父上母上といっしょではないのですか」

「薫子姫はわれらと別れる折、そのことは告げなかったが母御は江戸に残られたのだ」

「なんということでございましょう」

とおりょうが盃を手にしたまま、哀しみの表情を見せた。

「子次郎が江戸に戻ってくれば詳しい話が聞けようが、あの父ではのう。所領の差配どころか酒などに溺れておるのではないかと案じておる」

囲炉裏端を沈黙が支配した。

「父上、母上、薫子様は幼い折から独り暮らしにはなれておられます。きっと三河の所領で穏やかにお暮しのはずです。そうでなければ、子次郎さんと父上が為された行いが無駄になりますからね」

と駿太郎が言った。

「江戸に幕府が置かれて二百年もの歳月がながれた。その間に農工商の上に立つべき武家方の凋落は、なんとも度し難いものがある。薫子姫の父親も、己の娘を高家肝煎に差し出して、官位をもとに復し、家禄を増そうとしたのじゃぞ。また奥方も奥方じゃ、悲運のなかにある身内を捨てて、ひとり江戸の実家に戻るなど許されぬわ」

小籐次が珍しく怒りを溜めた口調で言い放った。

「薫子様がなんとも不憫です」

とおりょうが小籐次に応じ、

「父上、母上、薫子様は賢い姫君です。必ずや自らの手で生きるべき道を探しあてられます」

「ならばよいがのう」

と駿太郎の言葉に小籐次が答えた。

研ぎ舟蛙丸は赤目小籐次一家に当然のように受け入れられ、須崎村の湧水池の船着き場から芝口橋の紙問屋久慈屋の店先に親子を運び、そろって研ぎ仕事をする日々が穏やかに続いた。

「おい、聞いたか、酔いどれ様よ」

と読売屋の空蔵の声がした。

「なんの話じゃ」

「師走を前にさ、火事もなければ押込強盗もないとよ。町方の与力・同心は手持ち無沙汰だとよ」

「江戸が穏やかなればなによりではないか」

「冗談はなしだ。わっしら読売屋は騒ぎがあってこそ、めしが食える商売だ。このようになにもなしじゃどうにもならねえぜ。すまねえが酔いどれ様よ、橋の上で次直を振り回して久慈屋の紙束を叩ききり、紙吹雪の雪を舞わせてくれぬか」

小籐次がじろりと空蔵を見上げたがなにも言葉を発しないまま研ぎ仕事に戻った。

「親父様がダメならば駿太郎さんさ、おまえさんでいいや。自慢の孫六兼元でさ、来島水軍流の技前を見せてくれぬか」

「剣術は見世物ではございません、空蔵さん」

と駿太郎にも断られた。

そこへお鈴が塩壺を抱えて店先に出てきた。

「読売屋の空蔵様、丹波篠山生まれのこの私が塩の舞をご披露いたします」

と片手にしっかりと塩を摑んだ。

「じょ、冗談はなしだよ。畜生、鼠小僧次郎吉までどこぞに消えたと思ったら、読売屋の空蔵に塩の舞だと、久慈屋さんよ、奉公人の躾がなってないんじゃないか」

と空蔵が帳場格子を見ると、大番頭の観右衛門が算盤を振りかざして、

「お鈴、盛大に塩を撒きなされ。ナメクジのように姿が消えるまでな。塩代は読売屋に請求しますでな」

と言い放ち、お鈴が塩を摑んだ右手を虚空に振上げると、空蔵が脱兎の如く逃げ出した。

「なにかあったか、酔いどれ様」

と空蔵に代わって研ぎ場の前に立ったのは見知らぬ顔の男だった。肩に担いだ棒の先端に書状を括り付けていた。飛脚屋だ。

「いや、大した話ではないわ」

お鈴が手に握った塩を背に隠してひっそりと台所に戻っていった。

「おりゃ、品川宿の飛脚屋だがよ、久慈屋宛てでおまえ様に文だ」

「ほう、どこからかな」

と小籐次が問うと、棒の先に括り付けた書状を差し出した。

「どれどれ」

と紐を解いて縦折にした書状を見ると、確かに、「江戸しば口橋くじや酔いどれ様」とあり、裏を見ると「三河よしだ宿　さえぐさかおるこ姫」とあった。なんと薫子の代筆を子次郎がしたと思しき文だった。

「ご苦労であったな、少ないが駄賃じゃ」

と小籐次が一朱を飛脚屋に差し出した。

「ああ、子次郎さんから文ですか」

「いや、薫子姫の代筆を盗人の子次郎がなしたようじゃ」

「まだ子次郎さんは三河にいるんですね」

「そのようじゃな」

と小籐次が三河からなぜか江戸の一宿手前の品川宿の飛脚屋に着いた書状を披

いた。

駿太郎が小籐次の傍らから覗き込んでいっしょに読んだ。

「赤目小籐次様、みなみな様

このたびは子次郎さんの来ほうにさいしてわたしの絵や文やかずかずの品々に十両の大金までおあずけ下さり、まことにありがとうございました。

かおる子は元気です。

三河のふだい大名みやけ家りょうちにせっしたしょりょうは、三河のうち海を目の前にした静かなところです。この地で比呂とふたり、そして、たくさんの犬やねこやにわとりや馬といっしょにくらしています。くわしい話は、子次郎さんがらい春江戸にもどられた折にお聞きください。

朝夕の光を感じるようになった私は望外川荘でおりょう様に教えられた俳句や短歌をまいにち一句よむようにしています。

本日の句作は、「春ちかし　こがね色なる　西の海」です。いつの日か、おりょう様にお見せできる五七五ができるとよいのですが。子次郎さんがきて、うちはにぎやかです。さえぐさかおる子」

とあった。

「子次郎の字はわしとちょぼちょぼじゃが、薫子姫が元気ということが分かったわ。あやつ、わしの名で十両を持参したらしいな。この文を帳場格子に見せて参れ」

と小籐次が駿太郎に命じた。

小籐次は遠く三河と思える方角を見た。

すると笑い声といっしょに観右衛門の、

「よかったよかった」

という声が聞こえてきた。

「春ちかし　こがね色なる　西の海か、光しか感じぬ目でようもかような句作を為したわ。薫子姫、よう頑張っておるな」

と小籐次が独白する声が久慈屋の店に響いた。

師走を前にした長閑な芝口橋の研ぎ場で小籐次の胸はほのぼのとした思いに包まれていた。

この作品は文春文庫のために書き下ろされたものです。

文春文庫

三つ巴（みつどもえ）

定価はカバーに表示してあります

新・酔いどれ小籐次（しん・よいどれことうじ）（二十）

2021年2月10日　第1刷

著者　佐伯泰英（さえきやすひで）
発行者　花田朋子
発行所　株式会社　文藝春秋

東京都千代田区紀尾井町3-23　〒102-8008
TEL 03・3265・1211㈹
文藝春秋ホームページ　http://www.bunshun.co.jp

落丁、乱丁本は、お手数ですが小社製作部宛お送り下さい。送料小社負担でお取替致します。

印刷・凸版印刷　製本・加藤製本

Printed in Japan
ISBN978-4-16-791637-4

⑲ 梅雨ノ蝶 ばいうのちょう
⑳ 野分ノ灘 のわきのなだ
㉑ 鯖雲ノ城 さばぐものしろ
㉒ 荒海ノ津 あらうみのつ
㉓ 万両ノ雪 まんりょうのゆき
㉔ 朧夜ノ桜 ろうやのさくら
㉕ 白桐ノ夢 しろぎりのゆめ
㉖ 紅花ノ邨 べにばなのむら
㉗ 石榴ノ蠅 ざくろのはえ
㉘ 照葉ノ露 てりはのつゆ
㉙ 冬桜ノ雀 ふゆざくらのすずめ
㉚ 侘助ノ白 わびすけのしろ
㉛ 更衣ノ鷹 きさらぎのたか 上
㉜ 更衣ノ鷹 きさらぎのたか 下
㉝ 孤愁ノ春 こしゅうのはる
㉞ 尾張ノ夏 おわりのなつ
㉟ 姥捨ノ郷 うばすてのさと
㊱ 紀伊ノ変 きいのへん
㊲ 一矢ノ秋 いっしのとき
㊳ 東雲ノ空 しののめのそら
㊴ 秋思ノ人 しゅうしのひと
㊵ 春霞ノ乱 はるがすみのらん
㊶ 散華ノ刻 さんげのとき
㊷ 木槿ノ賦 むくげのふ
㊸ 徒然ノ冬 つれづれのふゆ
㊹ 湯島ノ罠 ゆしまのわな
㊺ 空蟬ノ念 うつせみのねん
㊻ 弓張ノ月 ゆみはりのつき
㊼ 失意ノ方 しついのかた
㊽ 白鶴ノ紅 はっかくのくれない
㊾ 意次ノ妄 おきつぐのもう
㊿ 竹屋ノ渡 たけやのわたし
51 旅立ノ朝 たびだちのあした

新・居眠り磐音

① 奈緒と磐音 なおといわね
② 武士の賦 もののふのふ
③ 初午祝言 はつうましゅうげん
④ おこん春暦 おこんはるごよみ
⑤ 幼なじみ おさななじみ

文春文庫　佐伯泰英の本

（　）内は解説者。品切の節はご容赦下さい。

佐伯泰英
神隠し
新・酔いどれ小籐次（一）
背は低く額は禿げ上がり、もくず蟹のような顔の老侍で、無類の大酒飲み。だがひとたび剣を抜けば来島水軍流の達人である赤目小籐次が、次々と難敵を打ち破る痛快シリーズ第一弾！
さ-63-1

佐伯泰英
願かけ
新・酔いどれ小籐次（二）
一体なんのご利益があるのか、研ぎ仕事中の小籐次に賽銭を投げて拝む人が続出する。どうやら裏で糸を引く者がいるようだが、その正体、そして狙いは何なのか——。シリーズ第二弾！
さ-63-2

佐伯泰英
桜吹雪（はなふぶき）
新・酔いどれ小籐次（三）
夫婦の披露目をし、新しい暮らしを始めた小籐次。呆けが進んだ長屋の元差配のために、一家揃って身延山久遠寺への代参の旅に出るが、何者かが一行を待ち受けていた。シリーズ第三弾！
さ-63-3

佐伯泰英
姉と弟
新・酔いどれ小籐次（四）
小籐次に斃された実の父の墓石づくりをする駿太郎と、父のもとで錺職人修業を始めたお夕。姉弟のような二人を見守る小籐次に、戦いを挑もうとする厄介な人物が—。シリーズ第四弾。
さ-63-4

佐伯泰英
柳に風
新・酔いどれ小籐次（五）
小籐次は、新兵衛長屋界隈で自分を尋ねまわる怪しい輩がいると知り、読売屋の空蔵に調べを頼む。これはネタになるかと張り切る空蔵だが、その身に危機が迫る。シリーズ第五弾！
さ-63-5

佐伯泰英
らくだ
新・酔いどれ小籐次（六）
江戸っ子に大人気のらくだの見世物。小籐次一家も見物したが、そのらくだが盗まれたうえに身代金を要求された！　なぜか小籐次が行方探しに奔走することに……。シリーズ第六弾！
さ-63-6

佐伯泰英
大晦り（おおつごもり）
新・酔いどれ小籐次（七）
火事騒ぎが起こり、料理茶屋の娘が行方知れずになる。同時に焼け跡から御庭番の死体が見つかっていた。娘は事件を目撃して攫われたのか？　小籐次は救出に乗り出す。シリーズ第七弾！
さ-63-7

（　）内は解説者。品切の節はご容赦下さい。

佐伯泰英
夢三夜
新・酔いどれ小籐次（八）
新年、宴席つづきの上に町奉行から褒美を頂戴した小籐次を、刺客が襲った。難なく返り討ちにしたが、その刺客の雇い主に気づいたおりょうは動揺する。黒幕の正体、そして結末は？
さ-63-8

佐伯泰英
船参宮
新・酔いどれ小籐次（九）
心に秘するものがある様子の久慈屋昌右衛門に請われ、伊勢へ同道することになった小籐次。地元の悪党や妖しい黒巫女が行く手を阻もうとするところ、無事に伊勢に辿り着けるのか？
さ-63-9

佐伯泰英
げんげ
新・酔いどれ小籐次（十）
北町奉行所から極秘の依頼を受けたらしい小籐次が、嵐の夜に小舟に乗ったまま行方不明に。おりょうと駿太郎、そして江戸中の人々が小籐次の死を覚悟する。小籐次の運命やいかに!?
さ-63-10

佐伯泰英
椿落つ
新・酔いどれ小籐次（十一）
小籐次が伊勢参りの折に出会った三吉が、強葉木谷（つばき）の精霊と名乗る謎の相手に付け狙われ、父を殺された。敵は人か物の怪か。三吉を救うため、小籐次と駿太郎は死闘を繰り広げる。
さ-63-11

佐伯泰英
夏の雪
新・酔いどれ小籐次（十二）
将軍にお目見えがなった小籐次は見事な芸を披露して喝采を浴びるが、大量の祝い酒を贈られて始末に困る。そんな折、余命わずかな花火師の苦境を知り、妙案を思いつくが……。
さ-63-12

佐伯泰英
鼠草紙（ねずみのそうし）
新・酔いどれ小籐次（十三）
小籐次一家は、老中青山の国許であり駿太郎の実母・お英が眠る丹波篠山へと向かう。実母の想いを感じる駿太郎だったが、お家再興を諦めないお英の兄が、駿太郎を狙っていた。
さ-63-13

佐伯泰英
旅仕舞
新・酔いどれ小籐次（十四）
残忍な押込みを働く杉宮の辰麿一味が江戸に潜入したらしい。探索の助けを求められた小籐次は、一味の目的を探るうち、標的が自分の身辺にあるのではと疑う。久慈屋に危機が迫る！
さ-63-14

文春文庫　佐伯泰英の本

（　）内は解説者。品切の節はご容赦下さい。

佐伯泰英
鑓騒ぎ
新・酔いどれ小籐次（十五）
小籐次の旧主・久留島通嘉が何者かに「新年登城の折、御鑓先を頂戴する」と脅された。これは「御鑓拝借」の意趣返しか？　藩を狙う黒幕の正体は、そして小籐次は旧主を救えるか？
さ-63-15

佐伯泰英
酒合戦
新・酔いどれ小籐次（十六）
十三歳の駿太郎はアサリ河岸の桃井道場に入門、年少組で稽古に励む。一方、肥前タイ捨流の修行者に勝負を挑まれた小籐次は、来島水軍流の一手を鋭く繰り出し堀に沈めてみせるが——。
さ-63-16

佐伯泰英
小籐次青春抄
品川の騒ぎ・野鍛冶
豊後森藩の厩番の息子・小籐次は野鍛冶に婿入りしたかつての悪仲間を手助けに行くが、その村がやくざ者に狙われているのを知り一計を案じる。若き日の小籐次の活躍を描く中編二作。
さ-63-50

佐伯泰英
御鑓拝借（おやりはいしゃく）
酔いどれ小籐次（一）決定版
森藩への奉公を解かれ、浪々の身となった赤目小籐次、四十九歳。胸に秘する決意、それは旧主・久留島通嘉の受けた恥辱をすすぐこと。仇は大名四藩。小籐次独りの闘いが幕を開ける！
さ-63-51

佐伯泰英
意地に候
酔いどれ小籐次（二）決定版
御鑓拝借の騒動を起こした小籐次は、久慈屋の好意で長屋に居を定め、研ぎを仕事に新たな生活を始めた。だが威信を傷つけられた各藩の残党は矛を収めていなかった。シリーズ第2弾！
さ-63-52

佐伯泰英
寄残花恋（のこりはなよするこい）
酔いどれ小籐次（三）決定版
小金井橋の死闘を制した小籐次は、生涯追われる身になったと悟り甲斐国へ向かう。だが道中で女密偵・おしんと知り合い、ともに甲府を探索することに。新たな展開を見せる第3弾！
さ-63-53

佐伯泰英
一首千両
酔いどれ小籐次（四）決定版
鍋島四藩の追腹組との死闘が続く小籐次だったが、さらに江戸の分限者たちが小籐次の首に千両の賞金を出し、剣客を選んで襲わせるという噂が…。小籐次の危難が続くシリーズ第4弾！
さ-63-54

（　）内は解説者。品切の節はご容赦下さい。

佐伯泰英
孫六兼元
酔いどれ小籐次（五）決定版

久慈屋の依頼で芝神明の大宮司を助けることになった小籐次。社殿前の賽銭箱に若い男が剣で串刺しにされ、死んでいたという。大宮司は、小籐次に意外すぎる秘密を打ち明けた――。

さ-63-55

佐伯泰英
騒乱前夜
酔いどれ小籐次（六）決定版

自ら考案した行灯づくりの指南に水戸に行くことになった小籐次。だがなぜか、同行者の中に探検家・間宮林蔵の姿が。幕府の密偵との噂もある彼の目的は何なのか？　シリーズ第6弾！

さ-63-56

佐伯泰英
子育て侍
酔いどれ小籐次（七）決定版

刺客、須藤平八郎を討ち果たし、約定によりその赤子、駿太郎を引き取った小籐次。周囲に助けられ〝子育て〟に励む小籐次だったが、駿太郎の母と称する者の影が見え隠れし始め……。

さ-63-57

佐伯泰英
竜笛嫋々（りゅうてきじょうじょう）
酔いどれ小籐次（八）決定版

おりょうに持ち上がった縁談。だがおりょうは不安を小籐次に吐露する。相手の男の周りは不穏な噂が絶えない。そして、おりょうの突然の失踪――。想い人の危機に、小籐次どう動く？

さ-63-58

佐伯泰英
春雷道中
酔いどれ小籐次（九）決定版

行灯の製作指南と、久慈屋の娘と手代の結婚報告のため水戸に向かった小籐次一行。だが密かに久慈屋の主の座を狙っていた番頭が、あろうことか一行を襲撃してくる。シリーズ第9弾！

さ-63-59

佐伯泰英
薫風鯉幟（くんぷうこいのぼり）
酔いどれ小籐次（十）決定版

野菜売りのうづが姿を見せず、心配した小籐次が在所を訪ねると、彼女に縁談が持ち上がっていた。良縁かと思いきや、相手は厄介な男のようだ。窮地に陥ったうづを小籐次は救えるか？

さ-63-60

佐伯泰英
偽小籐次
酔いどれ小籐次（十一）決定版

小籐次の名を騙り、法外な値で研ぎ仕事をする男が現れた！　その男の正体を探るため小籐次は東奔西走するが、裏には予想外の謀略が……。真偽小籐次の対決の結末はいかに!?

さ-63-61

（　）内は解説者。品切の節はご容赦下さい。

佐伯泰英
杜若艶姿（とじゃくあですがた）
酔いどれ小籐次（十二）決定版

当代随一の女形・岩井半四郎から芝居見物に誘われた小籐次は、束の間の平穏を味わっていた。しかしそれは長く続かず、久慈屋に気がかりが出来。さらに御鑓拝借の因縁が再燃する。

さ-63-62

佐伯泰英
野分一過（のわきいっか）
酔いどれ小籐次（十三）決定版

野分が江戸を襲い、長屋の住人達は避難を余儀なくされた。そのさ中、小籐次は千枚通しで殺された男を発見。その後、同じ手口で殺された別の男も発見され、事態は急変する……。

さ-63-63

佐伯泰英
冬日淡々
酔いどれ小籐次（十四）決定版

小籐次は深川惣名主の三河蔦屋に請われて、成田山新勝寺詣でに同道することに。だが物見遊山に終わるわけはなく、一行を付け狙う賊徒に襲われる。賊の正体は、そして目的は何か？

さ-63-64

佐伯泰英
新春歌会
酔いどれ小籐次（十五）決定版

師走、小籐次は永代橋から落ちた男を助ける。だが男は死に、謎の花御札が残された。探索を始めた小籐次は、正体不明の武家に待ち伏せされる。背後に蠢く、幕府をも揺るがす陰謀とは？

さ-63-65

佐伯泰英
旧主再会
酔いどれ小籐次（十六）決定版

旧主・久留島通嘉に呼び出された小籐次は、思いがけない依頼を受ける。それは松野藩藩主となった若き日の友の窮地を救うことだった。旧主と旧友のために、小籐次は松野へ急ぐ。

さ-63-66

佐伯泰英
祝言日和
酔いどれ小籐次（十七）決定版

公儀の筋から相談を持ちかけられた小籐次。御用の手助けは控えたかったが、外堀は埋められているようだ。久慈屋のおやえと浩介の祝言が迫るなか、小籐次が巻き込まれた事件とは？

さ-63-67

（　）内は解説者。品切の節はご容赦下さい。

佐伯泰英
政宗遺訓
酔いどれ小籐次（十八）決定版

長屋の空き部屋から金無垢の根付が見つかった。歴代の持ち主は小籐次ゆかりのお大尽を始め有名人ばかり。お宝をめぐって長屋の住人からお殿様まで右往左往の大騒ぎ、決着はいかに？

さ-63-68

佐伯泰英
状箱騒動
酔いどれ小籐次（十九）決定版

水戸へ向かった小籐次は、葵の御紋が入った藩主の状箱が奪われるという事件に遭遇する。葵の御紋は権威の証。誰が何のためにやったのか？　書き下ろし終章を収録、決定版堂々完結！

さ-63-69

佐伯泰英
奈緒と磐音
居眠り磐音

〝居眠り磐音〟が帰ってきた！　全五十一巻で完結した平成最大の人気シリーズが復活。夫婦約束した磐音と奈緒の幼き日々から悲劇の直前までを描き、万感胸に迫るファン必読の一冊。

さ-63-70

佐伯泰英
武士の賦
新・居眠り磐音

〝でぶ軍鶏〟こと重富利次郎、朋輩の松平辰平、そして雑賀衆女忍びだった霧子。佐々木道場の門弟で、磐音の弟妹ともいうべき若者たちの青春の日々を描くすがすがしい連作集。

さ-63-71

佐伯泰英
初午祝言
新・居眠り磐音

品川柳次郎とお有の祝言を描く表題作や、南町奉行所与力の笹塚孫一が十七歳のとき謀略で父を失った経緯を描く「不思議井戸」など、磐音をめぐる人々それぞれの運命の一日。

さ-63-72

佐伯泰英
陽炎ノ辻
居眠り磐音（一）決定版

豊後関前藩の若き武士三人が、帰着したその日に、互いを斬る窮地に陥る。友を討った哀しみを胸に江戸での浪人暮らしを始めた坂崎磐音は、ある巨大な陰謀に巻き込まれ……。

さ-63-101

文春文庫　最新刊

三つ巴 新・酔いどれ小籐次（二十）　佐伯泰英
小籐次、盗人、奉行所がまさかの共闘。ニセ鼠小僧を追え！

満月珈琲店の星詠み〜本当の願いごと〜 画・桜田千尋　望月麻衣
三毛猫マスターの珈琲店が貴方を癒します。好評第二弾

静おばあちゃんと要介護探偵　中山七里
静の同級生が密室で死亡。〝老老〟コンビが難事件に挑む

想い人 あくじゃれ瓢六捕物帖　諸田玲子
大火で行方知れずの恋女房に似た女性。どうする瓢六？

小萩のかんざし いとま申して3　北村薫
昭和初期。作家の父は、折口信夫に師事し勉学に励むが

灼熱起業　高杉良
脱サラして自転車販売を始めた男が熱くたぎる長編小説

トコとミコ　山口恵以子
九十年もの激動の時代を気高く生きた二人の女性の物語

愛のかたち　岸惠子
パリと京都を舞台に描かれる、五人の男女、愛のかたち

失意ノ方（しついのかた） 居眠り磐音（四十七）決定版　佐伯泰英
城中の刃傷事件に心迷う磐音。遂に田沼意次が現れる！

白鶴ノ紅（はっかくのくれない） 居眠り磐音（四十八）決定版　佐伯泰英
将軍が病に倒れ、政局は一気に揺れ動く。そして磐音は

下着の捨てどき　平松洋子
眉毛の塩梅、着たいのに似合わない服…愛すべきエッセイ

清張地獄八景　みうらじゅん編
編者の松本清張愛が炸裂するファンブック。入門書に最適

藝人春秋2 ハカセより愛をこめて　水道橋博士
芸能界の怪人・奇人十八名を濃厚に描く抱腹絶倒レポート

敗れざる者たち〈新装版〉　沢木耕太郎
勝負の世界を活写したスポーツノンフィクションの金字塔

任務の終わり 上下　スティーヴン・キング　白石朗訳
殺人鬼の恐るべき計画とは。ホラー・ミステリーの大作